あかね紫

篠　綾子

集英社文庫

目次

人物相関図

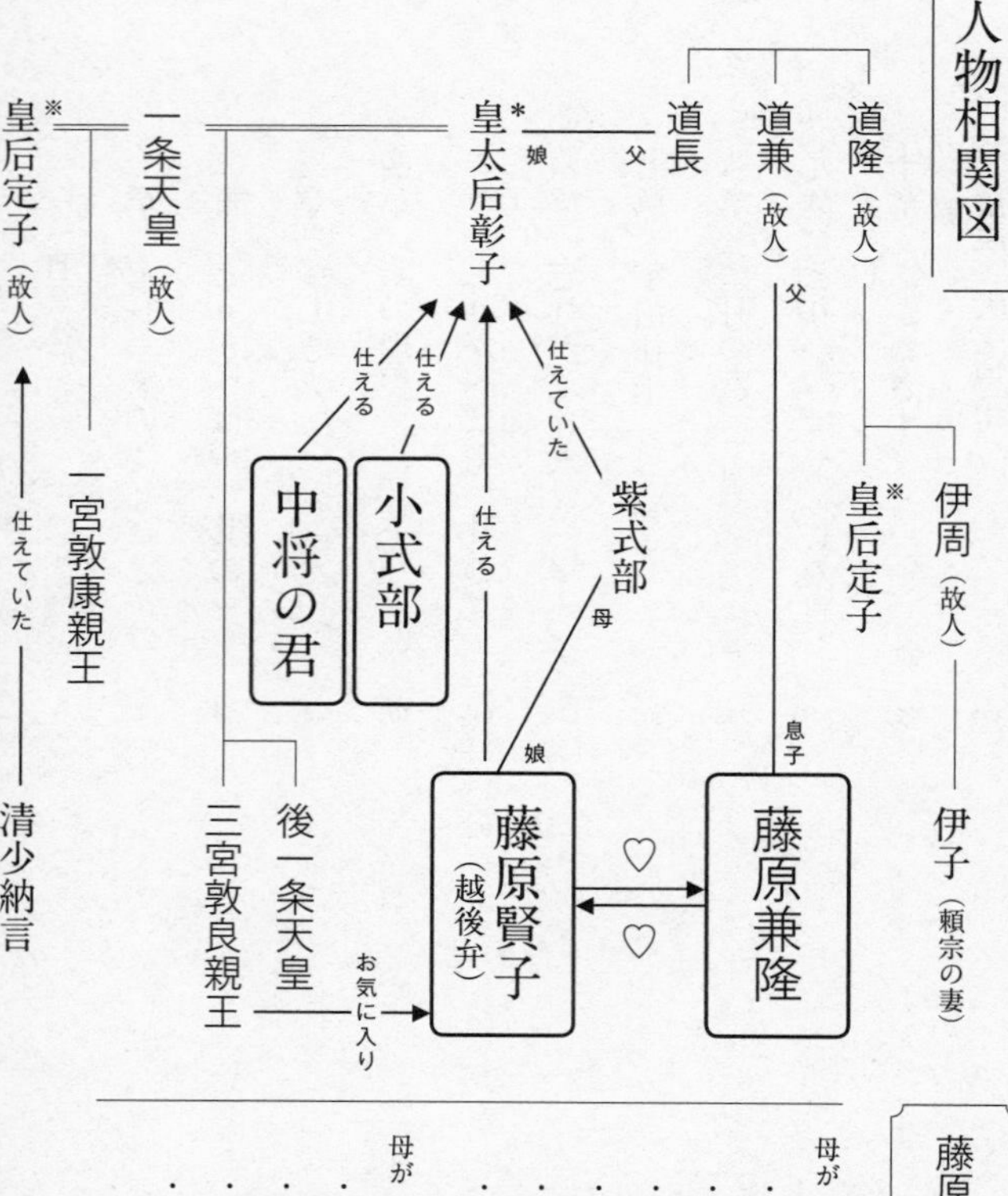

藤原道長の子供たち

母が鷹司殿倫子（正妻）

・彰子＊（長女）
・頼通（長男）
・妍子（次女）
・教通（五男）
・威子（四女）
・六の君（六女）

母が高松殿明子

・頼宗（次男）
・能信（四男）
・寛子（三女）
・小若君（六男）

（他に息子一人、娘一人）

明朝体＝女性
ゴシック体＝男性

あかね紫

一章　道長（みちなが）一家の隠しごと

一

平安京に遷都して、二百年ばかりも経（た）った時代。

都を造った偉大な君主、桓武（かんむ）天皇の子孫たちは、最も力のある廷臣の一派、藤原（ふじわら）氏を身内に取り込み、力を合わせて政（まつりごと）を行っていた。

藤原氏の娘たちは競うように、天皇のもとへ入内（じゅだい）し、生まれた皇子が即位する。そして、天皇の外戚となった藤原氏が摂政、ないし関白に任じられて世の中を支配する。それが、今の世の仕組みであった。

生母が藤原氏でない皇子の即位は、まずあり得ない。他の氏族を蹴落とした藤原氏の力は肥大し、今や一族内で権力争いをする始末。

入内した娘たちは父や兄弟と力を合わせ、いかに天皇の寵愛（ちょうあい）を我がものとして皇子を産み、その子を即位させるかに心を砕く。

その手段はいろいろあった。

もちろん、美貌や教養で天皇の心をつかむのも、その一つ。しかし、それだけでは物足りず、近頃の流行り(はやり)は有能な女房(にょうぼう)を我がもとへ抱え込むというものだ。

たとえば、『枕草子(まくらのそうし)』を書いた清少納言(せいしょうなごん)は、一条(いちじょう)天皇の皇后定子(さだこ)に仕え、『源氏物語』を書いた紫式部(むらさきしきぶ)は、その競争相手、中宮彰子(ちゅうぐうあきこ)に仕えた。ちなみに、歌詠みとして名高い和泉式部(いずみしきぶ)も、彰子に仕えている。

皇后定子は早くに亡くなり、彼女を母とする第一皇子は天皇になり損ねた。代わって即位したのは、彰子を母とする第二皇子の後一条天皇。

彰子の父親で、朝廷をほぼ手中に収めた藤原道長の力によるものだった。

長和(ちょうわ)六(一〇一七)年春、後一条天皇の御世(みよ)。

皇太后彰子の御所へ一人の男がやって来た。

「権中納言(ごんのちゅうなごん)さまがお見えですって」

「お美しい今光君(いまひかるきみ)(今の世の光源氏)が?」

「何言ってるのよ、そんな古い呼び方。今は光中納言さまよ」

若い女房たちが嬌声(きょうせい)を上げている。やれ化粧直しだ、着替えだと大騒ぎをしている彼女たちの前に、すっと現れたのは、もう少し年上の女房たちだ。

「あなたたち、仮にも皇太后さまにお仕えする女房ならば、もう少し品位をお持ちなさい」

　上から下まで完璧な身ごなしで、重々しく言い出したのは、越後弁（えちごのべん）という女房。本名を藤原賢子（かたこ）といい、あの紫式部の娘である。この時、十九歳で、「あなたたちとは格が違うの」と言わんばかりだ。

「本当に、何て落ち着きのない人たちだこと。皇太后御所の女房も質が落ちたと、権中納言さまに思われるのは心外だわ」

　と、続いて口を開いたのは、中将（ちゅうじょう）の君（きみ）。小柄で童顔なため幼く見えるが、賢子と同じ十九歳である。

「あら、頼宗（よりむね）さまって、今の若い子にも評判高いのねえ」

　と、聞こえよがしに客人の本名を口にした女房は、小式部（こしきぶ）という。和泉式部の娘で、賢子たちと同い年だが、どことなく危うげな大人の色気を漂わせていた。

　この三人の登場に、若い女房たちはたじたじとなった。

「お、お姉さま方がおもてなししてくださるのなら、私たちはご遠慮申し上げますわ」

「そうですね。権中納言さまは私たちがお相手するには、格が高すぎますし……」

「権中納言さまもその方が嬉（うれ）しくお思いでしょうから」

　おほほっと口もとを扇で隠しながら、若い女房たちは潮が引くように去って行った。

賢子たち三人は顔を見合わせると、それぞれに満足そうな面持ちで、皇太后彰子の御座所へと歩み始める。その後方では――。

「まったく、いい年して。恥ずかしくないのかしら」

「年が年だから、焦ってるんでしょ」

「小式部さまなんか子持ちのくせに、いつまでも色気が通じると思って、はしたない」

若い女房たちの間で、自分たちがさんざんな言われ方をしていることを、十九歳の三人組は知らない。

こちらはこちらで、誰が頼宗の取り次ぎをするかで、新たな駆け引きが始まっていたのである。

「小式部殿はご遠慮したらいかが？　権中納言さまとお顔を合わせるのも気まずいでしょ？」

賢子が言うと、「あら、何のことかしら」と、小式部はとぼけた。

「あなたは昨年、権中納言さまの弟君のお子を産んだばかりじゃないの。それなのに、もう捨てられて。恥を知りなさいと言ってるのよ」

と言ったのは、中将の君だ。

「それって、教通さまのことかしら」

小式部の顔から艶やかな笑みが消え、その足が止まった。

教通とはつい先ごろまで小式部の恋人だった男で、藤原道長の五男である。ちなみに、今、三人が先を争ってお出迎えしようとしている美男の貴公子は、道長の次男。二人は腹違いの兄弟であった。

　小式部は昨年、教通の息子を産んだのだが、もちろん自分で育てたりはしない。世話はすべて実家で雇った乳母任せで、自分はさっさと皇太后御所へ舞い戻ってきたのだが、産後間もなく教通とは別れたらしく、本人もそれを否定していなかった。

「言っておきますけど、私の方から別れ話を持ちかけたのよ。教通さまは摂政さま（道長）のご子息で、母君は北の方（正妻）。これ以上はない殿方だと思ってたのよ、ひと時はね」

　小式部ははあっと甘ったるい溜息を吐く。その様子に中将の君がかっとなった。

「何で、教通さまを見下すような物言いしてるのよ。あの方はあなたにはもったいない殿方だわ。そのお子を授かったなんて、ここは泣いて感謝するべきところでしょ」

「あのね、教通さまは本当に苦労知らずのお坊ちゃまなの。一緒にいると、こっちがうんと年寄りみたいに思えてきて、気が滅入るのよ」

　小式部は実に遠慮なく言った。

「まさか。だって、あの方、私たちより三つも年上じゃないの」

　教通のおっとりした風貌を思い浮かべながら、賢子は言った。

藤原道長には大勢の子供がいる。主な妻は二人いて、それぞれが六人ずつ子を産んでいた。

ただし、正妻である倫子を母とする子女たちは、もう一人の妻明子を母に持つ子女たちよりも格上とされている。

倫子が産んだ息子は頼通と教通の二人で、長男の頼通がいち早く出世するのはよいとしても、明子を母とする次男の頼宗は、三つ年下の五男教通に出世の面で後れを取っていた。

かつて頼宗との恋仲を取り沙汰された小式部がその後、教通と恋仲になったのは「出世しそうな教通に乗り換えた」と見なされ、女たちの顰蹙を買ったものである。もっとも、恋に落ちたらのめり込みやすい小式部に、そこまでの小賢しさはないと、賢子は思うのだが、

「実のお年なんか関わりないわよ。どっちにしたって、私はもう教通さまのお守りは御免こうむるわ」

などと強がるから、余計にやっかまれるのである。さらには、

「それに引き換え、頼宗さまは年を経て、ますます大人の魅力を備えていらっしゃるわよね。やはり、男の方はああでなければ――」

小式部がうっとりした口調で続けたものだから、中将の君の眉は吊り上がった。

「まさか、教通さまから頼宗さまに鞍替えするつもりじゃないでしょうね」

「人聞きの悪いことを言わないで。頼宗さまはいつだって、私にとって『光君』そのものだったわ」

「あら、それを言うなら、頼宗さまは『私の光君』よ。私はあなたみたいに、余所の殿方に目移りなんかせず、一途に頼宗さまを想い続けてたんだから」

「それって、他の方からお声がかからなかったって、言っているようなものよ」

小式部と中将の君が言い争っている間、賢子はそれには加わらず、「光君ねえ……」とひっそり思っていた。

賢子の母、紫式部が書いた『源氏物語』の主人公光源氏は、絶世の美男子だ。宮中や各御所に宮仕えする者たちはたいてい『源氏物語』を読んでいる。そのため、美男子といえば「光」を冠して「光少将」「光中納言」などと呼び名をつけるのが流行っていたが、その筆頭が頼宗だった。

道長の息子だから、身分も地位もある。その上、異母兄の頼通のようにお堅くなく、それなりに女遊びの経験も豊富で、いかにも光源氏を髣髴とさせた。

生母の立場が頼通のそれに及ばず、弟の教通にさえ出世面で先を越されたのは、本人にしてみれば屈辱だろうが、女たちからすれば「お気の毒な頼宗さま」ということになり、人気はいや増す勢いである。

賢子自身も十四歳で皇太后御所に仕えるようになってすぐ、頼宗に魅了された一人であった。が、間もなく頼宗は婿入りしてしまい、賢子には別に想いを寄せてくれる男が現れ……。

「越後弁は頼宗さまに、もう興味ないわよね」

突然、小式部から声をかけられ、賢子ははっと我に返った。

小式部は妙に勘繰るような目つきで賢子を見つめてくる。中将の君の眼差しはもっと複雑で、うらやましさと妬ましさと敵意とが混じったものであった。その中将の君が賢子より先に口を開く。

「当たり前よ。頼宗さまにご執心の時もあったみたいだけど、今はあーんなにご立派な恋人がいるんだから」

中将の君から「あーんなにご立派」と言われたのは、藤原兼隆という男だ。賢子の恋人として自他共に認める相手で、賢子も隠すつもりはない。身分も地位もなかなか大したもので、中将の君の言葉は嘘ではなかった。

兼隆の父親は、道長の兄に当たる藤原道兼である。藤原氏の上流に生まれた男であれば、誰もが望む執政（摂政関白）の地位にも就いた。しかし、権力を握っていられたのはごく数日で、病によりあっけなく死去。これにより、当時、まだ幼かった兼隆は亡父の権力を引き継ぐことができず、その力をすべて叔父の道長にさらわれる形となったのである。

道長は、幼い甥を哀れに思ったか、それとも長じて後、自らの敵になるのを封じようと思ったか、兼隆を自らの養子待遇とし、以後は息子と同様に面倒を見てきた。

しかし、結局のところ、兼隆に権力を返すつもりなどさらさらないため、現在の兼隆の出世ぶりは、道長の実子に比べれば若干劣っている。とはいえ、賢子たち中流の目から見れば、仰ぎ見るような良家の子息であることは間違いない。

つまり、小式部にとっての教通といい、賢子にとっての兼隆といい、とうてい釣り合いの取れない男たちなのだ。もちろん、男の側とて、中流の娘たちを正妻にするつもりも、生涯連れ添うつもりもない。子供が生まれれば我が子と認めて面倒は見るが、正妻の子供たちのように手厚く世話するつもりもない。だから、教通の子を産んだ小式部が教通と別れたのも、別段、めずらしい話ではなかった。

「何で黙ってるのよ」

中将の君が疑わしそうな目を賢子に向けてくる。

「まさか、あなたまで兼隆さまと別れたって言うわけじゃないでしょうね」

「私は別れていないわ」

賢子は二人に言い返した。中将の君がほっと安心したような表情を浮かべるのを見澄まして、「ただし」と先を続ける。

「頼宗さまを『光君』のような方と思っていたのは、いえ、今もそう思っているのは、あなたたちと同じよ」

賢子の言葉に、小式部と中将の君からの返事はない。

「だからといって、今どうこうというわけじゃないのも、あなたたちと同じ」

賢子が口を閉じると同時に、小式部の口もとに緩やかな、だがふてぶてしい笑みが浮かび上がった。一方、中将の君の目つきはいっそう険しくなる。

「早く皇太后さまのところへ参りましょう」

賢子はそう言うと、歩き出した。小式部と中将の君は無言でその後に続いた。

二

賢子たち三人がそろって御前へ赴くと、頼宗は御簾（みす）越しに皇太后彰子と対面していた。二人は腹違いとはいえ、姉と弟であるから、御簾なしの対面でもかまわないのだが、気の利く女房がいなかったものと見える。

「遅くなって大変申し訳ございません。御簾をお上げいたしましょうか」

賢子が御簾の近くまで行って尋ねると、

「その必要はありません。わたくしはもう下がりますから」

という穏やかな声が返ってきた。

「えっ……」

二人の間に何かあったのかと、賢子たちが驚くと、

「頼宗殿はそなたたちに用があるそうですよ」

と、彰子が微笑を含んだ声で告げた。

「私ども、三人にでございますか?」

どうも解せないという声色で、中将の君が訊き返すと、彰子に代わって頼宗が「その通りです」と答えた。

「私が皇太后さまにお頼みしたのです。おそばの者を呼びに遣わしてくださったのですが、入れ違いになったようですね」

若い女房たちをかまったり、三人で下らない言い合いをしたりしていたことを、賢子は反省した。

「後は、頼宗殿とそなたたちでお話をなさい。他の者は皆、下がるように」

彰子は人払いを命じてから立ち上がった。

「皇太后さまはご一緒にお聞きくださってもよろしいのですが」

頼宗が恐縮した様子で口を添える。

「話の中身は存じていますゆえ、後は頼宗殿にお任せします」

そう言い置いて去る彰子に、頼宗は「かしこまりました」と恭しく応じた。

彰子と他の女房たちが行ってしまうと、賢子たちは頼宗の近くにそれぞれ座り、頼宗も体の向きを変えて座り直した。

「そのう、私たち三人へのお話とは、めずらしいことでございますね」

賢子が口を切ると、

「中将の君などわけが分からず、先ほどから気がかりでならぬ様子。早くお聞かせくださいませ」

横から小式部がしゃしゃり出るように続けた。

「どうして私を引き合いに出すのよ。あなただって早くお聞きしたいくせに」

中将の君が不服そうに、小声で小式部を咎(とが)めた。その様子を見ながら、

「相変わらず、あなた方は仲がよいのですね」

頼宗は口もとににこやかな笑みを刻んで言う。

仲なんてちっともよくはないわ——と、心の中で言い返しながらも、賢子は思わず頼宗の顔に見とれていた。出会ってからもう五年、見慣れたと言ってもよいはずなのに、見る度に胸がどきどきするのは今も変わらない。

出会った頃と違うのは、笑った時の目尻や口もとに刻まれる皺(しわ)が少し深くなったこと。五年前より、頬の肉が落ちたせいかもしれない。

相変わらずの美しさについぼうっとしてしまったが、はっと気づいて傍らを見れば、

小式部も中将の君も頼宗に目を吸い寄せられ、うっとりしている。こちらも相変わらずだわと思っているうちに、頼宗の顔からは笑みが消えていた。

「実は、そんなあなた方を見込んで、折り入って頼みたいことがあるのです」

頼宗は真面目な顔つきで切り出した。賢子たちは互いに顔を見合わせたものの、話の中身の見当がつかず、誰も口を開かない。

「皇太后さまにはすでにお話しし、お許しもいただきました。後は、あなた方のお心次第ということになります」

賢子たち三人が黙ってうなずくのを待ってから、「ここから先の話はご内密に」と念押しした後、頼宗は改めて口を開いた。

「先日のことですが、我が父（道長）がこう申しました。『今の世に取り替えたいものが二つある』と」

「二つ、でございますか」

賢子は呟(つぶや)きながら、考えをめぐらしていた。

一つは、容易に想像がつく。まかり間違っても、口に出せるような内容ではなかったが……。

（摂政さまは、東宮(とうぐう)さまの首を挿(す)げ替えたいとお思いなのだわ）

娘の彰子が一条天皇との間に儲(もう)けた外孫が、ようやく即位して後一条天皇となったのが昨年のこと。道長は晴れて幼帝の摂政となった。権力に手が届く藤原氏の男であれば、誰もが抱く望みを果たしたのである。

しかし、それで満足する男はいない。道長も例外ではなく、己の権力をいかに保持し、我が子へ継承させるか、という点に心を砕き始めた。

摂政ないし関白の座を守り続けるのは、容易ではない。というのも、その就任条件が「天皇の外戚であること」を原則としているからだ。天皇の祖父もしくは伯父（叔父）でなければならず、摂関の地位は一代限りのものとされていた。

つまり、道長の権力は今のところ、後一条天皇の御世に限られている。

ちなみに、次の天皇は東宮の敦明親王と決まっているが、その生母は藤原氏であるものの、道長一家とつながりがなかった。だから、次の御世において、道長が摂政関白に任じられることはない。

「私、答えの一つが分かりましたわ」

不意に言い出したのは、小式部だった。心なしか、頼宗の方へ身を乗り出すようにしながら、

「東宮さまを、三宮さまに取り替えたがっていらっしゃるのですよねえ」

と、上目遣いで言う。そのどことなく甘ったれた口の利き方に苛立ちを覚えつつ、

「そういうことを、安易に口に出すものではありませんわ」

と、賢子は小式部をたしなめた。

「そうよ。仮にも皇太后さまにお仕えする女房として、あまりに軽率ですわ」

と、中将の君が賢子に加勢する。

「あら、だって、本当のことじゃないの」

と、小式部はしゃあしゃあと言った。

「摂政さまにとって、今の東宮さまは目の上の瘤。いっそ東宮の地位を辞退してくださらないかと、やきもきしていらっしゃるのは、誰もが承知のことですわ」

遠慮のない小式部の物言いに、頼宗が上品な笑い声を立てた。

「さすがは小式部殿。そこまではっきり言われると、いっそすがすがしくなる」

怒り出したり不機嫌になったりせず、さわやかな態度を見せる頼宗に、賢子はほっとした。そんな頼宗の心の広さを素敵だと思いつつ、一方では小式部に甘い頼宗の態度に、ほんの少しいらっとする。しかも、小式部ときたら、頼宗が自分に対して厳しい態度に出ることはないと、信じ切っているふうなのだ。

「まあ、ここにいるのは我々だけですから、さほど目くじら立てなくともよろしいでしょう」

さらに、小式部を付け上がらせるようなことを、頼宗は言った。

「でも、摂政さまがそのようなことを容易くお口になさったとは思えませんけれど」

賢子は首をかしげた。道長はとても用心深い。権力を握った今でも、己の立場を危うくしかねない発言などするはずがなかった。

「もちろん、今、小式部殿がおっしゃったようなことを、父が口にしたわけではありませんよ」

頼宗は賢子に目を向け、苦笑を浮かべた。

道長をやきもきさせているのは、現在の皇位継承の仕組みがやや複雑な形になっているからだ。

今上から二世代前、皇統は「冷泉天皇系」とその弟「円融天皇系」の二流に分かたれた。以後、皇位は両統が交互に引き継ぐこととなり、冷泉以降、円融、花山（冷泉の子）、一条（円融の子）と受け継がれてきた。

この一条天皇の后妃となったのが、今、賢子らが仕えている皇太后彰子だ。彰子は第二、第三皇子を産んだのだが、先の原則からすぐに天皇に立てることはできない。一条天皇の跡を継いで即位したのは、一条とは別系に当たる「冷泉系」の三条天皇である。

この三条天皇が昨年、眼病を患って退位したため、道長にとって念願の外孫、後一条天皇の即位が実現したのだった。

しかし、次の天皇はやはり先の原則から、三条天皇の皇子を立てなければならない。

現在、東宮となっているのは、この三条天皇の第一皇子、敦明親王なのだが、残念なことに道長の孫でも甥でもないというわけだった。

もちろん、道長もただ手をこまぬいていたわけではなく、三条天皇のもとへ、彰子の妹である妍子を入内させ、皇子誕生を願っていた。が、生まれたのは皇女一人だけで、ついに道長は自分の血を引く「冷泉系」の皇子を得ることが叶わなかったのである。

そのため、道長としては、東宮の首を敦明親王から、彰子が産んだもう一人の皇子――この御所では「三宮」と呼ばれる敦良親王に挿げ替えたい、と願っているはずなのであった。

「東宮さまの御位については、父にも思うところがあるでしょうし、まあ、語らずとも世間の知るところでしょうが、ここでお話ししたいのはそのことではありません」

頼宗の話はそれまでの内容からそれていった。

「では、摂政さまが取り替えたいという、もう一つの方のお話ですか」

賢子が尋ねると、頼宗は賢子にだけ、おもむろにうなずいてみせた。

「そして、それはあなた方の誰であろうと、おそらく思いも及ばぬことでしょう」

と、頼宗は賢子から小式部、中将の君へと目を移しながら続けた。

「くれぐれも他言無用に願います」

と、いささかしつこすぎるくらいの用心深さでくり返した後、ようやく頼宗は本題に入った。

「我が弟の小若君と、異母妹の六の君のことなのです」

確かに、賢子が思ってもみない内容だった。頼宗の弟妹ということは、彰子の弟妹でもあるのだが、その二人のどちらとも、賢子は会ったことがない。成人前の二人が、彰子の御所へ来ることもなかったからである。

「ええと、小若君は権中納言さまと母君が同じでいらっしゃいましたか。確か、末のお子でいらっしゃったでしょうか」

中将の君が記憶をたどるような調子で尋ねると、頼宗は「ええ」とうなずいた。

「母を同じくする六人兄弟姉妹の中で、小若君が末の弟になります。六の君は皇太后さまと母上が同じで、あちらの末の姫になりますが」

現在、小若君が十三歳、六の君が十一歳であると続けた後、

「実は、この二人、腹違いではあるのですが、驚くほど顔がよく似ているのです」

と、頼宗はおもむろに打ち明けた。

「……そうなのですか」

性別が違い、母親が違っていても、兄妹の顔が似ることはあるだろう。なぜわざわざそんなことを言うのか、と思っていたら、

「また、二人とも奇妙で厄介な癖を持っているのです」

と、頼宗は続けた。

「奇妙で厄介な癖……？」

中将の君が小首をかしげている。

「小若君は男でありながら、少女のように振る舞いたがり、六の君は姫でありながら、男子のごとく振る舞いたがる。父が願っているのは、この二人の男女の別をそっくり入れ替えたいということなのです」

一気に告げられた頼宗の言葉に、賢子たち三人は一瞬遅れて「ええっ！」と声を上げていた。

三

藤原道長――彰子や頼宗の父であるこの人物は、ほぼ不足のない人生を送ってきたはずだと、賢子は思っている。

藤原兼家という権力者を父に、その正妻を母に生まれた。

ただし、長男ではなく五男だった。本来ならば、藤原家の当主になれる立場ではなかったのだが、母を同じくする二人の兄、道隆と道兼が相次いで早世し、道長にお鉢が回ってくる。

道隆の息子である伊周、隆家兄弟と権力を争うが、これに勝利を収め、甥たちを地方へ流した。これに懲りたのか、もう一人の兄道兼の息子である兼隆――賢子の恋人でもあるが――のことは養子に迎え、反抗を封じている。

また、道長は妻子の点でも、非常に恵まれていた。

まず正妻で「鷹司殿(たかつかさどの)」と呼ばれる倫子は、四人の娘と二人の息子を産んだ。二人の息子が頼通と教通で、教通はつい最近まで、小式部の恋人だった男である。娘のうち、彰子は一条天皇の后妃となって、二人の皇子を産み、妍子は皇子こそ産まなかったものの、三条天皇の后妃となった。

もう一人の妻で「高松殿(たかまつどの)」と呼ばれる明子は、頼宗をはじめ四人の息子と二人の娘を産んだ。明子は正妻ではないものの、父親は左大臣という名家の出である。本来ならば、高官の正妻となってしかるべき女人(にょにん)なのだが、父親が流刑に処されたという哀れな過去があり、そのため、倫子に正妻の座を譲ることになった。

もっとも、道長は明子のことも大切にしており、そのことは世間も承知していた。ただし、正妻の子か、そうでないかで、出世には差がつくものなので、異母弟の教通に先を越された頼宗は内心やり切れないだろうと想像はされる。

そして、小若君は明子を母とし、六の君は倫子を母とする。それぞれの母親たちが産んだ最後の子で、小若君は道長の六男であった。

この小若君が兄たちの前にさえ顔を出すのを恥ずかしがる人見知りで、蹴鞠(けまり)や乗馬より、人形遊びを好むという。さらには姫君の衣服を好んで身に着けるようになり、今ではすっかり重ね袿を着こなし、邸の奥深くでひっそりと暮らしているのだそうだ。

一方、六の君は活発な上、人前に出ていくのが大好きで、女でありながら蹴鞠も乗馬もたしなむという。鬱陶しい姫君の格好を嫌い、男子のように水干を着て角髪を結い、いまだに外を走り回っているのだとか。

「つまり、小若君は姫君としてお暮らしで、六の君は男の子のように過ごしていらっしゃるということですか」

賢子がどうにか驚きを鎮めて問うと、

「実は、そうなのです」

と、溜息混じりに頼宗はうなずいた。

しかし、周りに仕える女房たちにいくら口止めをしたとしても、客人が来れば、どうも妙だということになってしまう。そこで苦肉の策として、小若君を倫子の猶子（養子）として、その邸宅へ引き取り、小若君を六の君、六の君を小若君として扱うことにしたのだそうだ。

そうすれば、客人の前に六の君が飛び出して行ったとしても、客人は男の小若君がやって来たと誤解してくれる。小若君が箏の音色を聞かせれば、「あれは六の君が弾いているのだな」と勝手に思ってくれる。

そうやって、これまで世間の目を欺いてきたのだが……。

「いつまでも、こんなことが続けられるわけがありません」

頼宗の悲痛な言葉に、賢子たちは三人とも大きくうなずき返した。

もちろん、道長も倫子も、また事情を知るそれぞれの女房たちも、どうにか二人を本来の姿に戻そうと努力はしたらしい。が、効果が上がらぬうちに、小若君が十三歳になってしまった。男子であれば、もう元服してもおかしくない年齢である。

「こうなったら、いっそ無理やりにでも元服させてしまおうと、父が日取りを決めてしまったのです」

「えっ、でも、小若君はこれまで姫君のように暮らしていらっしゃったのですよね」

中将の君が吃驚した様子で口を挟んだ。

邸の奥から外へ出ず、女房たち以外の者とは顔を合わせず暮らしてきた「姫君」が、突如として元服させられ、男たちに交じって暮らしていくことができるのだろうか。中将の君が抱いた不安には賢子も同感だった。

「だから、それまでに小若君をしつけ直せと、父上は無茶をおっしゃるのです。それも、この私に何とかせよ、と――」

頼宗と小若君は母を同じくし、頼宗が明子所生の長子なのだから、当たり前といえば当たり前の人選なのだが、たった一人に押し付けるには重すぎる任務である。

「あのう、そのこと、お兄上の権大納言さま（頼通）はご存じなのでしょうか」

賢子は恐るおそる、道長の跡継ぎの名を出した。頼通は何といっても長兄なのだし、この一件に関わりなしでいられるとは思われない。

「いいえ」

頼宗はやや低い声で答えた。

「兄上はこの件には関わっていません。もちろん、小若君と六の君のおかしな癖を知ってはいるでしょうが、もう治ったと思っているのではないでしょうか」

ほんの少しだけ投げやりな口ぶりで、頼宗は言った。

「まさか。いくら何でも……」

と、賢子は言いかけたが、頼宗はゆっくりと首を横に振る。

「あの方はすでに別の邸でお暮らしですし、父もこのような些事に関わらせるつもりはないでしょう。あの方には他になすべきことが山のようにありますから」

「それはそうかもしれませんが」

些事とはいえ、このような難事を道長から押し付けられた頼宗が気の毒であった。

「もっとも、皇太后さまがすべてをご承知で、力を貸してくださいますから、私も救われています」

頼宗は十二人の兄弟姉妹の長子に当たる彰子の名を出し、やや憂いの晴れた表情を浮かべた。

「その皇太后さまより、あなた方三人を頼りにすればよい、という力強いお言葉を賜りました」

「えっ……」

「どうか、私に力を貸してください。私とて権中納言としての職務がある。弟妹のことにだけ関わり合っているわけにはいかないのです」

「それは、そうかもしれませんが……」

「とにかく、鷹司殿（倫子）のもとへ出向いて、小若君と六の君に会ってやってください。ああ、表向きは入れ替わっていますがね。あなた方が事情を知っていることは、あちらの女房たちにきちんと伝えておきますから」

頼宗は早口になって言った。すでに話はまとまったとでもいう口ぶりの頼宗に、

「ちょっとお待ちください」

と、賢子は慌てて言いかけたが、

「分かりましたわ」

という小式部の艶やかな声に遮られた。

「私たちにお任せください」

という中将の君の自信に満ちた声がそれに続く。

「さすがは、皇太后さまご自慢の女房殿だ」

頼宗の声は先ほどとは打って変わって明るくなっていた。

「私たち、権中納言さまのためなら、何だっていたしますとも。あなた方も同じ気持ちですよね」

中将の君が同意を求めるように、賢子と小式部に目を向ける。何を言い出すのだと、賢子は反論しようとした。が、それより一瞬早く、

「どうか、もう憂えたりなさらないで。権中納言さまにそのように沈んだお顔は似合いませんわ」

と、小式部が潤んだ目を向け、頼宗にささやいている。

「何と頼もしい。やはりあなた方にお頼みしてよかった」

頼宗は晴れやかな笑顔を見せた。その眩さには、一瞬、心を吸い取られそうになりながらも、賢子は必死に抗おうとした。

賢子とて、頼宗の頼みごとであれば、聞いて差し上げたいとは思う。しかし、自分にできないことを引き受け、後で頼宗を困らせるようなことにはしたくない。だから、できないことはできないとはっきり言うべきなのに……。

「それでは、よろしく頼みます。中将の君、小式部殿、そして、越後弁殿」

それぞれの名を呼びながら、一人ひとりの目をじっと見つめて、頼宗は言う。その瞳

の黒い輝きを見つめながら、

（ああ、この方はやはり光君なのだわ）

と、賢子は思っていた。『源氏物語』の光源氏は、きっとあんな目つきで女たちを口説いていったのだろう。逆らえるはずがない、その時の女たちの気持ちが賢子にはよく分かった。

二章　とりかへばや　其の一

一

道長の六男、小若君の元服はこの年の夏のことだという。すでに梅も咲き匂うこの季節、夏の到来まではふた月ほどしかない。となれば、六の君はさておき、小若君を男子に戻す計画は急がなければならなかった。

そこで、ひとまず二人の暮らす邸へ出向くべく、賢子、小式部、中将の君は主人である彰子に申し出た。

「よろしく頼みましたよ」

万事心得た様子の彰子は、すぐに外出を許してくれた。

「そなたたちであれば、我が家の名誉を守ってくれることと信じています」

彰子の信頼は何よりありがたく、また誇らしくもあるのだが、この度の依頼はかなり難度が高いものである。万一にもこのことが世間に漏れれば、道長の一家は物笑いの種にされるだろう。

権力を一手に握った道長一族に対し、これまで抑え込まれてきた妬み嫉みも加わって、嘲笑はおそらく一段と激しいものになる。

もちろん、道長はこれまで甥たちを蹴落としたり、代々の帝に圧力をかけたりなど、それなりに横暴な振る舞いをしてきた。だから、道長一人であれば突き放したい気持ちも、賢子にはある。

だが、そんな父の横暴に対し、娘の彰子が苦しみ、何とかしようと心を砕いてきたことも、賢子は知っていた。母の紫式部は、そんな彰子を支えようとしたのが道長に知られ、彰子のそばを追い払われた過去を持つ。

(皇太后さまが世間から笑われるのは耐えられない)

彰子のことは、何としても守らなければ――。そうでなければ、自分は母に対して顔向けができなくなる。

彰子の弟妹が世間であざ笑われれば、彰子ばかりでなく、彰子の産んだ後一条天皇、敦良親王の立場にも関わってくるだろう。

とすれば、この任務はとても大事なものになる。

頼宗と会った翌日、いよいよ倫子の邸へ出向こうという時、賢子は己の責任の重さをひしひしと嚙み締めていた。ところが、約束の巳一つ(午前九時頃)になっても、車宿りに小式部がやって来ない。

賢子と中将の君は「おかしいわね」と言いながら、小式部の局（つぼね）へ様子を見に行く羽目になってしまった。

「えっ、これからお出かけでございますか。伺ってはおりませんが」

小式部に仕える女童（めのわらわ）が出てきたが、話を聞いて吃驚（びっくり）している。

「ならば、小式部は今どうしているの」

賢子が尋ねると、女童はきまり悪そうな表情を浮かべ、「奥でお休みでいらっしゃいます」と小さな声で答えた。

「何ですって。まだ寝ているというの？」

中将の君が眉を吊り上げた。

「そなたでは話にならないわ。そこを退（ど）いてちょうだい」

中将の君は女童を押しのけるようにすると、小式部の局へ踏み込んで行った。

「ちょっと、お待ちなさい」

賢子は慌てて中将の君を引き止めようとしたが間に合わない。昨晩小式部の局に泊まった男がまだ帰っていないなどということであれば、非常に気まずい——と思ったのだが、さすがにそこまで常識外れの事態ではなかった。

もっとも、小式部はまだ褥（しとね）の中で横たわっていて、この騒ぎに身を起こしはしたものの、半分寝ぼけ眼(まなこ)である。

「あら、恐ろしい顔の鬼がいるわ」

などと、物憂げな様子で呟くものだから、中将の君の堪忍袋の緒はたちまち切れてしまった。

「どういうつもり？　昨日、巳一つには出立するって約束したじゃないの。時刻はもうとっくに過ぎているのよ」

隣の局まで聞こえそうな大声で、小式部を叱りつけている。

「ああ、鷹司殿（倫子）のお邸へ伺う話でしたっけ。私、頭がぼうっとしているので、ご遠慮しておくわ。あなたたちお二人でどうぞ」

小式部はまったく悪びれない様子で言った。これには、賢子もかちんときた。

「わざわざ皇太后さまのお許しをいただいたのよ。あなたの考えで、行く行かないと決めていいことじゃないわ」

「だけど、ご命令じゃないでしょ。よろしく頼むとおっしゃっただけじゃない？」

「皇太后さまのお口から出た以上、ご命令も同じよ。そもそもは頼宗さまからの頼まれごとじゃないの。昨日、頼宗さまの前で調子のいいことを言っていたのは、どなた？」

いつの間にか、中将の君に負けず劣らずの大きな声を、賢子も出していた。

「あの時は、頼宗さまがお気の毒で、ついお引き受けしてしまったのよねえ。でも、よく考えてみたら、こんな難しいお仕事、私の手には余ってしまうわ」

「それでもお引き受けした以上、あなたにも鷹司殿のお邸へ出向いて、小若君と六の君に会っていただきますからね。一人だけ逃れようなんて許さないわよ」

きっぱりとした賢子の物言いに、小式部は「おお、こわ」とわざとらしく首をすくめてみせた。

「もしかして、あなた、鷹司殿のお邸へ行くのが、お嫌とか？」

不意に、中将の君が小式部に尋ねた。先ほどまでとは異なり、妙に落ち着き払っている。そして、小式部に向けられた眼差しには、意地悪そうな険が含まれていた。

「あちらは、教通さまのお育ちになったお邸ですものねえ」

なるほど、中将の君は小式部を懲らしめてやる取っ掛かりを見出し、態勢を立て直したのだ。確かに、教通との仲がぎくしゃくしている小式部にとって、今、耳にしたくない話題だろう。

案の定、小式部の目はすっかり覚めたようであった。中将の君を睨みつけるようにしながら、

「勘違いしないでちょうだい。私は教通さまに捨てられたわけじゃないのよ。どうして、私が気兼ねしなければならないのかしら」

と、言い返す。

「あらあ、無理しなくていいのよ。教通さまに捨てられた悲しみゆえに、どうしても行きたくないっていうのなら、私としても分かってあげられないわけじゃないのだから」

中将の君のわざとらしい声には、皮肉が練り込まれている。

「中将の君に分かるとは思えませんけれどね」

小式部もまた、皮肉られたままで終わるつもりはないようだった。

「どういう意味よ」

「殿方とまともにお付き合いをしたこともない人に、想い人と別れる悲しみが分かるとは思えないってこと」

「何ですって」

今度は中将の君が小式部を睨みつけた。

「もういい加減、高望みばかりするのはやめたらどうなの？」

さらに痛烈な一撃が、小式部から中将の君に放たれた。

三人は同い年の十九歳で、彰子に仕え始めた時期は違うが、この御所で出会ってからはずっと一緒であった。これも時期はばらばらだが、それぞれ頼宗に恋していた時代があり、どこまで深い仲になったのかは互いに内緒にしているが、それなりに優しく扱われたのは間違いない。というのも、頼宗は自分に想いを寄せてくる女に恥をかかせるような男ではないからだ。そして、三人が三人とも、それぞれの形で頼宗をあきらめたのもまた――。

「いつまでも若いと思ってたら、後で悔やむことになるわよ」

続けられた小式部の言葉は、相変わらず手厳しいものではあった。しかし、内容は真実そのものであり、さらには腐れ縁のような友に対する一抹の思いやりも含まれていた。

それが分かったのか、中将の君の眼差しから険しさは消えている。ただし、それを素直に認め合うような間柄ではない。

「私はあなたみたいになりたくないだけ」

中将の君は負けじと言い返した。

「失礼な人ね。せっかく親切に忠告してあげたっていうのに」

小式部は口を尖らせ、つんと横を向いた。

「私は次から次へ、殿方を乗り換えていくような器用なことはできないわ」

案外、本音と思えるような口ぶりで、中将の君が溜息混じりに言う。

「だから、一人の人からちゃんと妻として扱ってもらいたいの」

それは、自分の邸を持ち、そこに夫が必ず通ってくる安定した暮らしということであった。

「私たちと同じくらいの身分の方なら、ちゃんと正妻として迎えてくださると思うけれど」

賢子は言ってみた。自分たちくらいとは、道長一家のような上流の公家にお仕えし、地方の国司くらいを目指す中流の男ということだ。

そういう男たちも周りにいないわけではない。しかし、道長や頼宗らの使い走りをしている男に、恋心を抱けというのはなかなか難しいものであった。何せ、目につくところに、頼宗のような上流出身の貴公子たちがひしめいている。そして、貴公子たちにとっても、賢子たちは恋を語らうのに格好のお相手であった。もちろん、あくまで遊びの相手としてであるが……。

「別に正妻でなくてもいいの。頼宗さまのお母上、高松殿（明子）みたいに、妻の一人として大事にしていただける女人だっているじゃない？」

やはり、同じ程度の身分の男では、中将の君は満足できないらしい。中将の君の口ぶりは、いかにも同意してほしそうであったが、

「高松殿のお父上は、失脚したとはいえ左大臣だったお方よ。私たちとはご身分が違うわ」

賢子は冷静に言葉を返した。

「それは、まあ、そうなんだけど……」

「つまり、中将の君は上流出身の殿方から、単なる通い所の一つと扱われるのではなく、ちゃんと妻として認めてもらいたいというわけね」

横を向いていた小式部が、中将の君に目を戻して問う。中将の君ははっきりとうなずきはしなかったが、それは同意したも同じであった。

「それは……」

と、言いかけた小式部の口が、なぜか不意に止まってしまう。

もしかしたら、口では四の五の言いながらも、小式部も教通にそうした扱いを望んでいたのかもしれないと、賢子はふと思った。しかし、子まで生しながら、教通の態度はどこまでも煮え切らず、遊びの恋の域を出るものではなかったのだろう。それが、二人の仲が絶えたいちばんの要因ではなかったのか。

「越後弁はいいわよね」

不意に、中将の君が賢子に目を向けて言い出した。その声には、嫌みや皮肉ではなく、純粋なうらやましさがこもっている。

「兼隆さまはご身分もあるし、摂政さま（道長）のお身内だし、何より一途って感じだもの」

中将の君の言葉は嘘ではない。

兼隆は道長の甥である上に、養子として扱われていたし、文句のつけようのない身分だった。自分に一途であると自惚れることはできないが、少なくとも光源氏のような色好みではない。

頼宗や教通が父の命令もしくは許しにより、身分の釣り合う家柄の娘を正妻としたように、いずれは兼隆もそういう女を正妻に迎えるのだろう。そのことは賢子も覚悟している。だが、それはそれとして、兼隆ならば、賢子のことも妻の一人として大切にしてくれるだろうな、と信じることはできた。

「なぜ黙っているのよ」

小式部から促され、賢子ははっと我に返った。

「想い人が褒められたのよ。何か言うことがあるでしょう？　それとも、あなたも兼隆さまともう終わっているのかしら」

「そうじゃないわ」

賢子は慌てて言葉を返した。

「兼隆さまなら、私たちのような身分の女でも、ちゃんと妻の一人として大事に扱ってくれると、私にも思える。でも……」

一気に告げた賢子の言葉は、ぷつっと切れた。

「それ以上、殿方に望むべき何があるっていうの？　あなたって、けっこう欲張りなのね」

中将の君があきれたふうに口を挟んだ。小式部と顔を見合わせ、苦笑している。兼隆のたった一人の女になりたがっているとか、正妻の座を望んでいるとか、大それた願いを抱いていると勘違いされたようだ。しかし、賢子とてそんな高望みはしていない。

「あの方、宮仕えをやめてほしいっておっしゃるのよ」

賢子は思い切って、二人に打ち明けた。小式部と中将の君がぽかんとした表情を浮かべ、一瞬遅れて、「えっ」と小さな驚きの声を上げる。

「宮仕えをやめるって、誰が？」

中将の君が間抜けな問いかけをした。

「誰って、この私に決まっているでしょ」

「越後弁に宮仕えをやめさせて、邸の中に閉じ込めておこうっていうわけ？」

小式部が言い終えるなり、たまりかねた様子で笑い出した。中将の君も遠慮のない声を上げて笑っている。

「笑い話じゃないのよ」

賢子は頰を膨らませて言い返した。

「悪かったわ」

ひとしきり笑った後、小式部は謝った。

「それにしても、兼隆さまったら最悪ね」

露骨な口ぶりで、小式部は決めつけた。

「意外に古くさい考えのお方なのねえ。もしかして、女の気持ちに疎いお方？」

と、中将の君も遠慮なく言う。

「そこまでは言わないけれど……」

あまりにひどい言い方をされると、つい兼隆を庇いたくなってしまう。が、今、中将の君が口にしたことは、いつも賢子自身が感じていることであった。

「疎いお方に決まってるわよ」

相変わらずの遠慮のなさで、小式部は言った。

「越後弁ほど宮仕えに適した女人なんて、そこらにいない。そんなことも分かっておられないのだから」

本当にそうね、と中将の君が笑っている。賢子自身、その通りだとうなずきたい自分を、内心に意識していた。

二人の友がこんなにも分かってくれる自分のことを、兼隆は少しも分かってくれない。これは、同じ女であるがゆえのことで、男の兼隆に望むのは間違っているのだろうか。

(でも、私はやはり、兼隆さまにいちばんに分かっていただきたい)

賢子はそう思う気持ちを捨てられなかった。

「まったくいつまでも笑ってないで。ますます遅くなってしまうわ」

賢子は話を切り上げ、真面目な表情を小式部に向けて続けた。

「とにかく、小式部は急いで支度を調えてちょうだい。あなただけ行かないなんてことは許されないの。これは皇太后さまから賜ったお役目なんですからね」

有無を言わせぬ口調で告げると、「分かったわよ」と物憂げな調子ながらも、小式部はうなずいた。

「外で待っているわ」

賢子はそう言い置き、中将の君と共に局の外へ出た。それから、手持ち無沙汰の二人を十分いらいらさせるほどの時をかけ、小式部が隙のない格好で現れたのは、早くも巳三つ（午前十時）になろうという頃であった。

二

賢子ら三人が倫子の邸へ出向いたのは、表向き、彰子の使者という形である。彰子が用意してくれた倫子への文（ふみ）を渡し、それから改めて六の君の部屋へと案内されることになった。

「これからお会いするのは、六の君ご本人？　それとも、小若君の方なのかしら」

中将の君が小声で賢子に尋ねてくるのだが、賢子にもそれは分からない。頼宗の話によれば、二人は入れ替わって暮らしているということだから、それならば、小若君ということになるのだろうが……。

「まあ、ご本人に会えば分かるんじゃない？」

賢子が適当な返事をしていると、

「あら、あの方はどなた？」

ふと足を止めて、小式部が言い出した。

案内役の女房も立ち止まると、小式部の眼差しを追って、「ああ」と相槌を打つ。

「小若君へのお客人です。閑院内大臣のお孫さまで、右少将の公成さまでいらっしゃいます」

閑院内大臣とは、道長の叔父に当たる人物で、名を公季という。その孫の公成は、祖父公季の養子になっていたが、これは内大臣の子となった方が出世しやすいからである。

その公成が道長の邸に何の用かと思っていたら、妹の使者として小若君を訪ねてきたということだった。公成の妹は小若君の同母兄能信の妻になっている。

「小若君のご元服が近いので、そのお祝いのお品は何がいいか、尋ねに来られたと伺いました」

と、案内役の女房が教えてくれた。

「あら、能信さまの北の方は、たいそうお気のつかれるお方なのですねえ」

と、話をしていたら、当の公成と見える人物がこちらに気づき、近付いて来た。

「少々お待ちを」という案内役の女房の言葉に従い、三人もその場で待つ。

公成は、十二、三歳ほどに見える水干姿の少年と一緒であった。

「こちらは皇太后御所からのお使いの方々で、これより六の君のお部屋へご案内するところでございます」

女房が賢子たち三人を公成に引き合わせた。公成は賢子たちとほぼ同じ年頃で、均整の取れた体つきに、整った顔立ちの持ち主だった。色が白いのと、口もとがやや突き出しているせいで、どことなく兎（うさぎ）のように見える。

「おお、皇太后御所の才媛がお揃（そろ）いで。今日はこちらに伺ってよかった」

白兎がにこにことお愛想を口にした。

（何が才媛よ。あなたが聞いているのは、私たちのことじゃなくて、お母さまたちの評判でしょうに）

この手の言葉を口にしてくる相手には、賢子はつい穿（うが）った見方をしてしまう。小式部も同じだろうと思っていたが、ふと見ると、小式部はにこやかな笑顔を相手に向けているではないか。

「恐れ入ります。今度はぜひ、皇太后さまの御所の方でお会いしたいですわ」

小式部の返事に、「いや、これは嬉しいな」と白兎は鼻の下を伸ばしていた。

「右少将殿」

付き添っていた水干姿の少年が、鼻白んだ顔つきで公成の袖を引いた。

「こちらの皆さまは、これから六の君のところへ行かれるのでしょうから、あまりお引き止めしてはいけません」

妙に大人びた口を利く少年だった。

「いや、これは失礼をいたした」

と、公成も少年に対して、妙に恐縮してみせる。

「あの、こちらは……」

賢子が案内役の女房に尋ねると、

「小若君でいらっしゃいます」

という返事である。

「これは、大変失礼をいたしました」

小若君を初めて見る三人は、改めて挨拶した。

(こうして人前に出て堂々としているってことは、この方が六の君ってことかしら?)

賢子はあまりじろじろ見ないように注意しながら、小若君と呼ばれる少年の様子をうかがった。髪は後ろで一つに束ね、水干を着ているので、男の子のようにしか見えないが、白珠(しらたま)を思わせるきめ細かな肌も、くるくるとよく動く瞳の輝きも、見る人を引き付ける魅力を備えていた。男であれ女であれ、成人したらさぞ美しくなると思われる。

「皆さまがこれから六の君のもとへ行かれるのなら、私もご一緒させていただこうかな」

公成がふと思いついたように言ったのは、賢子たちと離れがたい気持ちになったせいかもしれない。しかし、

「いけません」

公成の思いつきは、少年の厳しい声によって遮られてしまった。

「六の君はたいそう人見知りが激しいのです。突然、殿方が訪ねて行ったりすれば脅えてしまうでしょう」

「いや、もちろん御簾越しのご対面でよろしいのですが」

公成が言い訳するように言ったが、「それでもいけません」と小若君と呼ばれる少年は首を横に振る。

「そうですか。それでは、今日のところはあきらめましょう」

公成は残念そうに言い、改めて皇太后御所へ伺うと小式部に挨拶してから、去って行った。水干姿の少年もその後に続いたが、立ち去り際、「後から六の君のもとへ伺います」と、賢子たちにだけ聞こえるよう、小声で告げた。

この少年が六の君のところへ来てくれるなら、二人の暮らしぶりをしっかりと確かめられる。いい具合に話がまとまってよかったと思いながら、賢子たちは六の君の部屋へと向かった。

六の君の部屋には、御簾が床まで下ろされている。その前の席で待つよう告げると、

案内役の女房は去って行った。御簾の外から中は見えない構造なのだが、待つように言われたということは、まだ六の君が現れていないということだろう。

しかし、それからしばらく待っても、御簾の向こうはしんと静まり返っており、物音一つしない。六の君に仕えている女房が挨拶に現れることもない。

「私たちのことが六の君に伝わっていないいんじゃないかしら?」

訝(いぶか)しげな表情を浮かべて、中将の君が賢子にささやいた。

「鷹司殿のお邸で、そんな不手際があるとは思えないけれど……」

と、返事をしつつも、賢子も不可解である。

「私たちが遅くなったから、六の君を怒らせてしまったんじゃない?」

中将の君が小式部に目を向けながら言った。これは、寝坊をした上、支度に手間取った小式部への嫌みなのだが、当人はまったくこたえていない。それどころか、中将の君の言葉さえ、耳に入っていない様子である。

「何をぼうっとしているの。間もなく、六の君がお見えになるのだから、しっかりしてちょうだい」

賢子は小式部をそっと小突いた。

「あ、あら。ごめんなさい」

と、小式部は我に返って言うのだが、ややもすると、また別のことに心をとらわれたような目つきになる。そうするうち、御簾の奥ではなく、賢子たちが入ってきた戸口の方から足音が聞こえてきた。

「失礼する」

溌剌（はつらつ）とした声とともに現れたのは、先ほどの少年であった。公成の見送りを終えてきたところらしく、付き添いと見える者もいない。

少年はつかつかと賢子たちに近付いて来ると、

「皇太后の三羽烏（さんばがらす）殿、お待たせして申し訳ない」

と、いきなり言った。

「は？　三羽烏？」

中将の君が頓狂な声で訊き返す。賢子も面食らい、

「それって、私たちのことですか？」

と、相手の顔をまじまじと見つめてしまった。

「他に誰がいるのです」

いささか小面憎い調子で言うと、

「ああ、こちらの姫君はまだ現れませんか」

と、御簾の方にちらと目を向け、少年は続けた。

「初めての客人にはいつもこうですから」

と、当たり前のことのように言う。

「今頃、女房たちが手を焼いていることでしょう。まあ、お待ちください。あの子を説得できるのは私だけですから」

そう言い置くと、少年は心得た様子で御簾の奥へと入っていった。その先が六の君の居所につながっているのだろうが、ふだんから行き来しているものと見える。

またしばらく待たされた後、ようやく御簾の奥に人の気配がした。賢子たちからは見えないが、衣擦れの音が聞こえる。ひどくゆっくりとした動きで、一歩ずつ進んでくるのは姫君の衣裳が重くて動きにくいせいであろうか。

「私がそばに付いているから。大丈夫だよ」

ひそひそ声でささやいているのは、どうも先ほどの少年のようである。その後、二人の座る気配が伝わってから、小若君と呼ばれていた少年が御簾の外に顔を出した。

「ええと、袖をつかまれていますので、ここで勘弁願います」

と言う少年の体は、御簾の奥に入ったままだ。

「あの、どなたかお付きの女房の方などはいらっしゃらないのでしょうか」

賢子が遠慮がちに尋ねると、

「おりますが、来ないように私が申し付けました」

と、少年が答えた。

「だって、あなた方は内密の話をするために、ここへ遣わされたのでしょう？　母上がそう言っていましたから」

「ええと、母上とは鷹司殿のことでございましょうか」

賢子は念のために尋ねた。

「そうです」

少年は遠慮もなく答える。本物の小若君ならば、倫子は産みの親ではないから、もう少し遠慮した物言いになるはずだ。すると、この少年は本当は「六の君」であり、倫子が産んだ末の「娘」で間違いないのだろうか。

相手も内密の話と弁（わきま）えているようであるから、遠慮する必要はなさそうだ。

「それでは、まずお尋ねしたいことがあるのですが、よろしいでしょうか」

賢子が切り出すと、「どうぞ」という返事である。

「あなたさまは姫君でいらっしゃいますね。そして、奥にいるお方は摂政さまの末のご子息と思ってよろしいのでしょうか」

真っ向からの問いかけに、相手は驚きも怯（ひる）みもしなかった。眉一つ動かさなかったその顔に、やがてゆっくりと変化が表れる。口もとに皮肉っぽい笑みを刻み付け、

「その通りですよ」

と、少年――いや、小若君として振る舞っていた少女は告げた。

「私が鷹司の母が産んだ六の君で、奥にいるのが、高松殿がお産みになった小若君です」

小若君——ならぬ「六の君」は実に堂々と告白した。予測していたこととはいえ、賢子たちは息を呑み、しばらくの間、次の言葉を続けることができないでいた。

三

「それで、皇太后は何とおっしゃっているのです」

しばらくの沈黙の後、次の言葉を発したのは「六の君」であった。ややぞんざいなその口の利きようは、小さなことにこだわらない大らかな少年のものとしか思えない。

賢子は改まった表情でおもむろに口を開いた。

「皇太后さまというより、高松殿の権中納言さま（頼宗）および、お父上さまのご意向でもございます。お二方とも、本来のお姿にお戻りくださいますように、と」

「何を今さら」

六の君は鼻で笑うような言い方をした。

「そのようなことなら、毎日のように互いの女房たちから聞かされている。ま、この私は父上からも母上からも、うるさく言われていますけれどね」

おとなしい「小若君」に対しては、二人とも多少遠慮があって、強くは言えないのだとか。倫子にしてみれば、自分が腹を痛めた子ではないため、余計にそうなのだろう。

もちろん、両親や女房たちの説得でどうにかなっているなら、道長が頼宗に何とかしろと命じる事態にはならなかったはずだ。

「ですが、間もなく、小若君はご元服の儀を行うのでございますから」

しかし、その「小若君」は御簾の奥に隠れ、賢子たちの前に顔を出すこともできない少年である。

いくら初対面とはいえ、女に顔を見せられない少年が元服などできるのだろうか。元服すれば、世間では成人した男と見なされ、官位官職を与えられ、宮中に出仕もしなければならない。さらに、道長の息子であれば、すぐに縁談が持ち込まれることにもなるだろう。

「そのことならば、心配は要りません」

と、目の前の六の君が言った。

「私が小若君として元服する」

「ええっ！」

賢子と中将の君は思わず声を上げてしまった。小式部は声を上げこそしなかったが、さすがに目を瞠（みは）っている。

「でも、あなたさまは姫君なのですよね」

それまで会話を賢子に任せていた中将の君が、恐るおそるという調子で尋ねた。

「まあ、生まれた時はそうだったらしいが、物心ついてからは男子として暮らしてきました」

まったく動じる気配もなく、六の君は言った。

「私は漢文の読み書きもできる。蹴鞠も乗馬も問題ない。出仕しても、同年代の男たちには負けぬ自信があります」

「で、でも、確かお二人はお年が二つ離れているのでしたよね。ということは、本当のあなたさまは……」

「そう。本当の私はまだ十一です。『小若君』は十三歳ですけれどね」

と言われて、改めて六の君の顔を見つめたが、顔だけでは十一歳も十三歳も区別はつかなかった。だが、背の高さや体の大きさはどうなのか。今は六の君の体は御簾の奥に隠れているので、確かめようがない。

すると、賢子の内心の不安を読み取ったのか、

「私は女にしては背も高い方だということですから、別段不自然と思われたことはありません」

と、六の君は言い出した。

「逆に、本物の小若君は男にしては体が小さいようで、私たちはほぼ同じ背丈なのです。だから、怪しまれることはありません」

「ですが、それは今だけのことでは？」

　突然、口を開いたのはそれまで黙っていた小式部だった。

「これから、十四、十五となるにつれ、殿方は大きく背が伸び、体つきも変わってまいりましょう。それは、お心持ちが男か女かということとは関わりありませんよ」

「そ、その通りです。いつまでもごまかしきれることでは……」

　中将の君が小式部の言葉に言い添えた。

「それは、まあ、私たちも承知していることですが」

　六の君が少し不本意そうな声で応じる。

「仮に、元服や裳着（女子の成人の儀）をごまかして乗り切ったとしても、ご婚礼の儀までも交代したままというわけにはいきません」

　小式部がさらに追い打ちをかけた。

「別に婚姻などしなくたってかまわないでしょう。私たちはこんな具合ですから、誰かと契りを結ぼうなどと考えてはおりません」

「たとえお二方がそういうおつもりでも、それでは世間が通してくれません。お二方とも摂政さまのお子さまでいらっしゃるのですよ」

　賢子が言うと、六の君はきりっとした鋭い眼差しを投げてよこした。

「では、私たちに望んでもいない相手と契りを結べ、と――？」

「お二方のお立場であれば、やむを得ないことでしょう。兄上さま、姉上さまたちとて、そうなさってきたはずです」

そう言葉を返しながら、賢子は六の君の澄んだ瞳から目をそらしたくなった。本当にそうなのだろうか。自分は本当に、今口にしたようなことを思っているのだろうか。

相手はたかが十一歳の子供だ、上手に言いくるめることができないでどうする、と思う一方で、子供相手だからといって、思ってもいないことを口にするべきではないとも思う。まして、六の君のように驚くほど聡明（そうめい）で、自分の意見をはっきりと口にできる子供の前では——。

（私は上流の殿方に恋をして、その正妻になれない我が身を嘆いていたけれど……）

上流の家柄に生まれていれば、親の決めた相手を婿に迎えさせられていたはずだ。道長一家のような最上流の家の娘であれば、入内を期待されることもある。彰子がそうやって一条天皇のもとへ入内させられたように。

（そういえば、皇太后さまが入内なさったのは十二歳の時だと聞いている）

ということは、今目の前にいる六の君より一歳上なだけだ。そして、今の賢子自身より七つも若い時のことだ。

（皇太后さまは本当に過酷な道を歩んでこられたのだわ）

そう思う時、賢子は自らの主人彰子を心の底から敬う気持ちが湧いてくる。中宮、皇太后、国母（こくも）になる御方（おんかた）なのだから、当たり前だと言う人もいるかもしれないが、彰子とて生まれた時から皇太后だったわけではない。

幼い頃から、周囲の期待を背負わされて育ち、自覚を持ってからは自ら律して生きてきたのだろう。だから、彰子は今の立場を築き上げた。決して運がよかったからなどでは――たまたま道長の娘に生まれ、たまたま皇子を産んだからなどではない。まして、誰にでもできることではない。

それを思えば、彰子と母を同じくし、皆から彰子と同じ役割を期待されているこの六の君が、少し気の毒にもなってきた。そんなふうに思っていたら、

「私たちは、他の兄上や姉上たちとは違います」

六の君がきっぱりと言った。

「私たちのことは私たちにしか分からない。私は小若君をよく分かっていますし、小若君も私のことをよく分かってくれています。私たちはお互いがいればいい。他の誰かに分かってもらおうなどとは思っていません」

あまりに潔く、あまりに他人を寄せつけないその物言いに、賢子たちは思わず顔を見合わせていた。

これはもう説得などできそうにない、と小式部が首をすくめてみせる。中将の君もどうしていいか分からないという表情で、すがるように賢子を見つめる。

賢子とて、よい案など浮かびはしなかった。何の対策も練ることなく、この少女を説得することは不可能である。しかし、

（小若君ご自身のお考えはまだ聞いていない）

六の君は二人とも同じ考えであるという口ぶりだが、本人の口から聞いたわけではない。人見知りの激しい質だというが、仮にも十三歳の男子なのだし、何と言ってもあの道長の息子なのだ。賢子たち相手に自分の意見を言うことくらいできるだろう。

「六の君のお考えはよく分かりました」

と、賢子は居住まいを正して告げた。

「しかしながら、小若君はいかがなのでしょうか。私どもは小若君ご自身のお口からお考えをお聞きしとう存じます」

静かに問う賢子を、六の君が食い入るように見つめてくる。その目に浮かんでいるのが敵意であることをひしひしと感じながらも、賢子は語り続けた。

「お顔も拝見できましたら嬉しゅうございますが。私どもは皇太后さまにお仕えする者でございますから、ご遠慮もなければ、きまり悪さもございませんでしょう。少し大きなお人形でも相手にしているおつもりで、気軽にお話しくださいませ」

「かわいげがなく、ふてぶてしい人形など、誰も慈しもうとは思わないでしょうがね」

痛烈な嫌みの言葉を返しつつも、六の君は御簾から顔を引っ込めると、小若君と相談

を始めたようであった。小声で語り合う声が漏れてくるが、何を言っているのかまでは聞き取れない。

「ねえ、あの方、本当に皇太后さまの妹君でいらっしゃるの？」

しばらく小若君と六の君の会話が続きそうだと見越したのか、中将の君が小声で言い出した。

「妹ではなく、弟だと言われても、納得いたしかねますわね」

小式部は遠慮のない口ぶりで、声も落とさずに言った。

「お顔立ちやご聡明なところは、似ておられるんだけれど……」

と、賢子は六の君を口では庇いつつ、気持ちは他の二人と一緒であった。

男装して邸の中を動き回り、親の意見にも耳を貸さず、婚姻すらしないと言い放つなど、彰子とは似ても似つかない。

「皇太后さまはいつだって、ご自分のことより周りの者のことを考えてくださるわ。ご自分のことしか考えないお方とはまるで違うわよ」

相変わらず、小式部の物言いは容赦がなかった。

「まあ、末の姫さまですから、甘やかされてお育ちになったのかもしれないわね」

溜息混じりに呟く中将の君の言葉に、賢子は黙ってうなずいた。

「……お待たせいたしました」

ややあって、六の君が御簾の外に出てきたので、賢子たちは居住まいを正して向き直った。

「小若君も初めは渋っていましたが、最後はあなた方に姿を見せるのを承知してくれました。元服についても、自分の口で考えを述べるそうです。ただし」

六の君は賢子たち三人を順番に睨みつけた。

「私を相手に口論なさるのも、陰口を叩くのも、いっこうにかまいませんが、同じことを小若君に対して行ったら、私はあなた方を断じて許しません」

その燃えるような目は、おそらく先ほどの賢子たちの内緒話――いや、声を潜めていなかった小式部の言葉を聞かれてしまったためだろう。賢子は小式部に咎めるような目を向けたが、本人はいっこうに気にせず素知らぬふうである。

「あなた方が皇太后のお気に入りだろうとかまいはしない。以後、この邸への出入りを禁じさせてもらうゆえ、そのおつもりで」

六の君は言いたいことだけ言ってのけると、御簾に手をかけ、巻き上げ始めた。

「まあ、そのようなことは私どもが――」

賢子と中将の君が思わず立ち上がりかけたが、

「あなた方はここでは客人なのですから、お気になさらぬよう。それから、あまり小若君に近付かないでいただきたい」

冷えた声で六の君から言い返され、元の席へ押し戻された。

（小若君、小若君って、どれだけ真綿で包み込めば、気が済むというのかしら）

賢子は憤然としつつもあきれ返っていた。六の君の小若君を守ろうとする姿勢は、どう見ても常識を超えている。

（大体、御簾の奥にいる方は、本来男なんでしょうに……）

と思っているうち、御簾はするすると巻き上げられ、座っている小若君の膝元が、袿（うちき）を重ね着している美しい袖口が、梅の紋様の美しい装いがあらわになってきた。やがて、扇で顔を隠している奥ゆかしい姿と、手入れの行き届いたつややかな黒髪が目に入ってきて……。

「遠慮は要らないそうだから、お顔を見せてあげたらいい」

賢子たちに対する時よりずっと優しげな声色で、六の君が小若君に言った。

小若君は恥ずかしそうにしばらく躊躇（ためら）っていたが、ほんの少し扇を下ろした。濡（ぬ）れたような黒い瞳がじっと賢子たちを見つめ、一瞬後、たまりかねたように眼差しをそらす。

「まあ、何ておかわいらしい方なんでしょう」

中将の君の口から、感嘆の吐息が漏れた。

「皇太后さまのお若い頃にそっくりだわ」

幼い頃から、宮仕えしている母に連れられ、宮中に出入りしていたという中将の君は、賢子や小式部の知らない頃の彰子を知っている。

「あ、あの……」

小さな声が小鳥のさえずりのように聞こえてきた。しかし、あまりに小さすぎてよく聞こえない。賢子たちが思わず身を乗り出すようにしたら、

「扇で口もとを押さえていたら、よく聞こえないそうだよ」

と、小若君の傍らに寄り添いながら、六の君が言った。

「何、怖そうなお姉さまたちだけど、まさかあなたを取って食いはしないだろう。私が守ってあげるから、大丈夫、扇は使わないでお話しなさい」

六の君の説得を受け、小若君はおずおずと扇を閉じた。紅をつけた小さな口もとはまるで梅の花びらのように愛らしい。その花びらがかすかに動いた。

「わたくし……その、元服なんてできません。儀式はともかく……その後、宮中に出仕するなんて、とても……」

いやいやというように、小若君は頭(かぶり)を振った。重そうな黒髪が揺れるその姿を見ていたら、賢子は何だか頭がくらくらしてきた。

「どうしてもとおっしゃるなら……わたくし、出家します」

「な、何ですって！」

賢子が思わず大きな声を上げるのと、

「そんなの、絶対にいけませんわ」

と、中将の君が叫ぶのはほぼ同時であった。

「あまり大声を出さないでください」

六の君が露骨に眉をひそめて言う。

「小若君が脅えているではありませんか」

体を震わせる小若君を、六の君が抱きかかえるようにしているのを見て、賢子たちは
「申し訳ございません」と小声で謝罪した。

「とにかく、これが小若君の考えです。私も小若君を出家などさせたくない。だから、私が代わりに元服しようというのです。小若君はどう思う」

六の君が問いかけると、

「わたくしは……六の君が嫌でないのなら、そうしてほしいと思います」

小若君は六の君の体にすがりつくようにしながら、相変わらずの小さな声で言った。

「で、でも、摂政さまや鷹司殿、高松殿がご承知なさるはずがありません」

賢子は慌てて言葉を返したが、六の君は少しも動じなかった。

「親たちは無論、私たちが入れ替わって暮らしているのを知っています。が、元服の儀の際は親たちの目をも、うまく欺いてみせます」

「そんなことができるのですか？」

「私たちを見てくださいい。よく似ていると思いませんか」

そう言われ、賢子たちは改めて寄り添う異母兄妹を見つめた。そもそも顔が似ているから入れ替わったという話であったが、確かに髪型と化粧の有無を除けば、そっくりと言ってもいい。

「本当によく似ていらっしゃるのですねえ」

感心したように中将の君が呟く。賢子も小式部も他に言いようがなかった。

「だから、ちゃんと元に戻ったと思い込ませ、元服には私が臨む。まあ、いつまでもごまかせるとは思いませんが、儀式が終われば取りあえず落ち着くでしょう。無論、その後の出仕も私がいたします。もちろん、私が見聞きしたものは余さず小若君に伝え、互いの記憶は二人で持ち合うつもりです」

「つまり、いずれはちゃんと元通りになるおつもりがあるということですか」

賢子がすがりつきたい気持ちで問うと、六の君は「分かりません」と慎重な答え方をした。

「いつかはそういう気持ちになるかもしれないし、どうにもならず出家の道を選ぶことになるかもしれない。ただ、いずれにしても、私が元服することで、今すぐに小若君が出家することだけは避けられるのです」

私たちの覚悟を分かっていただけましたね——と、畳みかけるように言われ、賢子は返事をすることができなかった。しばらくの間、誰も口を開かない。

「致し方ありませんわ」

ややあって、中将の君が結論づけるように告げた。

「でも、それでは、頼宗さまのご依頼を果たしたことには……」

なおも言葉を重ねようとする賢子に、中将の君は小さく首を横に振ってみせた。

「小若君を御覧になって分かったでしょう。こんなにもか弱いお方を、殿方ばかりの世の中に放り出すことなんてできないわ」

「それは、まあ……」

賢子はちらと小若君に目を向けた。すると、目が合っただけで脅えたように身をすくめ、六の君にすがりつこうとする。確かに、これでは出仕するなど無理であろう。

それに、強引に元服させられるのであれば出家する、という言葉が本気であるのも分かる。

（今、しなければならないのは、小若君の出家をやめさせること）

そう判断した六の君の考えは、意外に冷静で正しく、しかも小式部が言っていたように「自分のことしか考えていない」わけでもないようだ。というより「小若君のことしか考えていない」という方が正しいのかもしれない。

「分かりました」

賢子は小若君と六の君に向き直って告げた。

「ただし、今日のお話はありのまま、高松殿の権中納言さまと皇太后さまにお伝えいたします。それと、お二方のお望み通りに事が運んだ場合、小若君は決して髪を切り落としたりしないとお約束ください」

若い人がその場の勢いで髪を下ろすという話は、頻繁に聞かれることである。

「……分かりました」

小若君が小さな声で応じ、「そうならないよう私が気をつけます」と六の君が請け合った。

その様子を見ていると、本当にどちらが兄でどちらが妹か分からなくなる。

「取りあえず、今日はこれで失礼いたしましょう」

同行の二人を促し、邸を辞去した時、賢子はかつてないほどの疲れを覚えていた。

三章　愛(いと)しき人

一

　その日、皇太后御所へ帰った三人は、前日に引き続いて現れた頼宗と皇太后彰子にありのままの報告をした。

「小若君が出家などと言い出したのであれば、仕方ありませんね」

と、彰子はさほど動じた様子も見せずに言う。

「では、二人の言葉を受け容(い)れるということですか」

　一方の頼宗は困惑気味であった。

「何が優先されるかということでしょう。小若君にせよ六の君にせよ、出家などされては困ります。父上や双方の母上を悲しませるだけでしょうから」

　彰子の言葉に対し、異を唱える者はいなかった。

「ひとまず、小若君の元服にまつわることは、わたくしたちだけの秘め事といたしましょう」

「それでは、父上や鷹司殿（倫子）をも欺くというのですか」

少し驚いた様子で、頼宗は訊き返した。

「無論、いつかは悟られるでしょう。ですが、本人たちが親の目をも欺き、元服の儀を乗り切ると言っているのなら、今は任せてみるのがよいと思います」

彰子の返答に迷いはなく、責任はすべて自分が取ると言った。

「小若君も六の君もまだ子供です。親たちの目を欺けるとは思えませんが……」

「確かに、あの子たちは失敗をするかもしれません。けれども、大切なのは、その時、頼れる者がそばにいるということ。手を差し伸べてくれる大人がいると、あの子たちに信じさせてあげねばなりません」

不安げな頼宗の問いに、彰子はそう答えた。

「あの子たちは父上や母上たちを頼るつもりはなさそうですから、もし、わたくしたちが裏切ったりすれば、もう誰も信じなくなってしまうでしょう。だから、この秘め事は何としても守り抜かねばなりません」

ひとまずは、二人の考えに任せて口出しせず、元服の儀を見守る。見事に六の君が成り代わって元服を果たし、出仕することになった時は、頼宗が面倒を見る。また、賢子たちも引き続き二人の邸に足を運ぶ。

そう話がまとまって、彰子の御前を下がった四人は、もう少し今後の対策を話したいという頼宗の言葉により、場所を賢子の局へ移した。

「取りあえず元服の儀は六の君に任せるとしても、その後、きちんと元に戻れるよう、二人の癖を少しずつ矯めていってほしいのです」

と、頼宗は改めて三人に頼んだ。

「矯めるとはつまり、六の君を姫君らしく、小若君を公達らしくするということですよね」

賢子の言葉に、頼宗はうなずいた。

「そういうことです。出仕後の六の君に付き添い、本性を知られぬよう見張ることは私にもできますが、姫君らしく矯めるのは無理ですからね」

「しかし、あの方を姫君らしく、というのは……」

賢子は六の君の頑なな態度を思い返し、口ごもった。

「取りあえず親しくなって、お二方の信頼を勝ち取るしかないんじゃないかしら」

と、中将の君が地味ではあるがまともな意見を述べた。

「私たち、六の君には相当嫌われてしまったでしょうから、まずはあの方の信頼回復からですね」

と、小式部も応じる。とはいえ、六の君に嫌われるような発言を自分がしたことへの反省はまったくしていないようであった。

「私も皇太后さまも、あの二人のことをよく知るわけではありませんのでね。何が好きで何が嫌いか、正直、あまりよく分からないのですよ」

頼宗が申し訳なさそうに呟いた。すると、

「あら、六の君のお好きなものなら明白じゃありませんか」

と、小式部が言う。

「ほう。それは何ですか」

頼宗が興味深そうな目を小式部に向けて訊く。

（お二方の前ではまともなお話もしなかったくせに、頼宗さまの前だと、よく動く口だこと）

賢子は内心面白くない。折しも中将の君と目が合った。互いにそれだけで、同じ憤懣を抱えていることが分かる。

一方の小式部は頼宗しか目に入らぬという様子で、調子よくしゃべり続けていた。

「小若君ですわ。それはもう、大切にお守りしているということが、ひしひしと伝わってまいりましたもの」

「それは確かに……」

賢子も面白くないながら、小式部の言うことには一理あると思った。

「それに、小若君も六の君をひたすら頼っている、というふうでしたわね」

　中将の君もうなずいている。

「私に考えがありますわ」

　と、小式部は頼宗だけを見据えて言った。

「まずは、小若君のお心をつかむのです。女の子としてお育ちになったのなら、私たちとも話が合うでしょう。そして、小若君を籠絡した後、ゆっくり六の君を落とせばいいのですわ」

　籠絡だの落とすだのという言い回しに、賢子はあきれ返ったが、頼宗はにこにこしながら聞いている。

（まったくもう。女に甘くていらっしゃるんだから）

　頼宗の態度にまで、つい不満を抱いたその時、

「それでは、今のやり方で引き続きお頼みしたい」

　頼宗がにこやかな表情のまま告げた。

「あなた方にお頼みして本当によかった、とつくづく思います」

　頼宗は一人ひとりの顔をじっと見つめながら、言葉を嚙み締めるように言う。自分の眼差しと言葉が、女の心にどれほどの影響を与えるものか、熟知しているという様子で。

　そして、そんな相手の思惑も分かっているというのに、ついいい気分になってしまうの

もいつものことだ。

「ああ、それから分かっていると思いますが、越後弁殿」

最後に、頼宗は賢子にだけ目を据えて、その名を呼んだ。頼宗の顔はもう笑っていなかった。

「は、はい。何のことでしょう」

「この件は、兼隆殿にも内密に願いますよ。あの方は小若君と六の君のおかしな癖自体をご存じではありませんからね」

意外に厳しい頼宗の話しぶりに、賢子は驚きつつ「はい」と答えた。

「それに、あの方は我々の従兄（いとこ）であり、今は父の養子ですが、本心では我々一家をどう思っているか、分かりません」

無論、彰子から厳命されたことであるから、兼隆にも話すつもりなどはなかったが、含みのある頼宗の物言いに、賢子は少し驚いた。

「まさか、兼隆さまがご一家を恨んでいるとお思いなのですか」

そして、道長一家の弱みをつかんだら最後、一家に牙を剝（む）くとでも懸念しているのだろうか。

「そこまでは分かりませんが、本来ならば、あの方が手にしていたはずのものを、父に横取りされたと思っておられるかもしれません。それに、それは事実ですからね」

と、頼宗はあまり感情のこもらぬ声で答えた。これまでの兼隆と頼宗は義兄弟として、さほど仲良くしていたわけではないが、さりとて険悪というふうにも見えなかった。しかし、今の発言をありのままに受け取るなら、お互いに心の底の底では信じ切っていなかったということになる。

「兼隆さまに限らず、他のどなたにも話を漏らしたりはいたしませんが……」

賢子は困惑しながら答えた。

「もちろん、あなたを信じないわけではありません。ただ、あなたとお付き合いのある兼隆殿は、我々一家ととても近しい間柄ゆえ、念押ししたに過ぎません」

頼宗は再び華やかな笑みを顔に浮かべて言う。

「越後弁は口が軽そうですものね。はっきりそう言ってやればいいのですわ」

小式部が本気か冗談か分からぬ口ぶりで言い、中将の君が「そうよ、そうよ」と相槌を打つ。

「まったくあなた方は仲がよいのか悪いのか。いや、仲がよすぎるがゆえに、遠慮のない口も利けるということなのでしょうね」

頼宗は楽しげに笑っていたが、賢子は笑えなかった。小式部や中将の君の軽口が不快だったからではない。「兼隆が道長一家を恨んでいると思うのか」という問いに、頼宗は「分からない」と答えたのだ。

（それは、つまり、兼隆さまのご本心を疑っているということなのでは……）

賢子が初めて恋した男が、今、いちばん大事に想う男の本心を疑っている。それも従兄弟にして義兄弟という、近しい間柄でありながら。

（兼隆さまは……）

本心では、叔父であり養父である道長を恨んできたのだろうか。道長が実子に譲り渡そうとしている権力を、隙あらば、我が手に取り戻そうと考えているのだろうか。

そして、小若君と六の君の醜聞を知れば、それを利用して叔父や従弟たちの足を掬おうと考えたりするのだろうか。

（私の知る兼隆さまは、そんなお人ではない）

確かにそう思えるのに、先ほどまでと違って、気持ちがざわざわと落ち着かないのはなぜなのだろう。しかし、賢子はそれ以上、この問題を一人で思い悩まずに済んだ。

「失礼いたします」

仕切りとして立ててある几帳の向こう側から、遠慮がちな声がかけられたのだ。賢子に仕えている雪という娘の声であった。

「あのう、粟田参議さま（兼隆）がお見えでございますが」

その知らせを聞くなり、賢子を除く三人の客たちが腰を浮かした。

「これはいけない。もうそんな頃合いになっていましたか」

頼宗が慌てて立ち上がると、「あらあ、そんなことありませんわ」と小式部がにんまり笑って言う。

「まだ宵の口ですもの。粟田参議さまはよほど越後弁の顔が見たくて、待ち切れないのでしょう」

「誠実なお方に想われてうらやましい限りですわ」

聞こえよがしに言う中将の君の目は、少しも笑っていない。

慌ただしく立ち去っていく三人が、戸口で顔を合わせた兼隆と、どんな挨拶を交わすのかと思うと、賢子はそれだけで気が重くなった。

二

雪に案内されて奥へ入ってきた兼隆は、賢子の顔を見るなり、「やあ」と顔をほころばせたが、すぐに笑みを消し去ると、

「今、頼宗殿たちがここから出てこられたが……」

と、困惑気味に問いかけてきた。

「いいんです。小式部と中将の君といつものように他愛（たわい）もないおしゃべりをしていただけですもの。今日はたまたま、頼宗さまが御所へ来られていたので、それに加わられたというだけで」

言い訳の言葉がつい過剰になってしまうのを、自分でも分かっていたが、兼隆はそういうことに敏感な方ではない。だから大丈夫だろうと思っていたら、

「何やら、大事な内密の話をしていたところだと聞いたが」

と、兼隆が言い出したので、賢子は飛び上がりそうになった。

「誰が言っていたのですか」

思わず問い詰めると、

「小式部殿だが……」

兼隆は素直に返事をする。

「あの人ときたら……」

賢子は歯嚙みする思いで呟いた。

「兼隆さまはからかわれたのですわ。あの人、笑っていませんでしたか」

「うーむ。そうだったかもしれぬが、あの人はいつもにこやかにしているからな」

と、兼隆は首をかしげている。

にこやかなどという素直な微笑み(ほほえ)ではない。あれは男を惑わせようとする女の笑みだ。それが分からないのか。いや、分からないということは、通じていないということだから、それはそれでいいのだが。

「それより、今宵(こよい)はゆっくりなさってゆけるのですか」

賢子は話を変えて尋ねた。

兼隆が訪ねてくるのは、もともと約束していた場合もあれば、その日の昼のうちに知らせをよこす場合、今日のように前触れなしという場合もある。

約束していない日に来られてもおもてなしはできません、などと言う女はたちまち嫌われてしまうだろう。また、予告なしに訪ねてきた場合、顔を出しただけですぐ帰ることもあると、覚悟しておかねばならない。兼隆には賢子の他にも、通って行く女がいる。今夜はそちらの女が本命で、賢子のところへはちょっと機嫌を取るためだけに顔を出した、ということもあり得るのだ。

そうしたことを踏まえての問いかけだったが、

「うむ。今宵はゆっくりしていこうと思うが……」

と、兼隆は答えた。賢子は胸が弾むのを感じた。

「嬉しゅうございます。すぐに支度を申し付けますわね」

自分だけのものではない男を、この一晩、独り占めできるのは、この上もなく嬉しい。甘い疼きを伴う勝ち誇った気持ちに胸を浸しながら、賢子はうきうきと雪を呼び、食事と酒の支度を申し付けた。

雪が下がって行ってしまうと、

「ところで、頼宗殿はいつもよくここへいらっしゃるのか？」

いるのだろうか。

と、兼隆は話を蒸し返した。小式部の言った「内密の話」とやらに、まだこだわって

「いえ、そんなことはありません」

賢子は首を横に振った。頼宗がここへ来るなど、本当に久しぶりのことだから嘘は吐いていない。

「今日はたまたま皇太后さまの御前で、四人が一緒になったのです。話が盛り上がった流れで、何となくここへ。三人の中では、私の局がいちばん広いですから」

「……そうか」

兼隆は表面だけは納得したような言葉を吐いたものの、賢子から目をそらした。

「それで、どんな話で盛り上がったというのだ」

兼隆はなおも話の中身にこだわり続ける。もし本当に何かあると疑っているのなら、兼隆の勘がよほど鋭いということになるのだが、しつこく尋ね続ける男に、賢子は何やら腹立ちに似たものを覚えた。

「どうして、話の中身をそんなに気になさいますの」

兼隆の問いには答えず、賢子は逆に訊き返した。

「私があなたのことを気にかけてはいけないとでも?」

賢子の声にほんのわずか含まれていた険を、兼隆も察したようであった。賢子をじっ

と見つめ返す眼差しには不審の色がある。

男女の仲になってもう二年以上、付き合い始めた頃には生じようもなかった不快なすれ違いや苛立ちが生まれるようになった。決して嫌いになったわけでも飽きたわけでもない。逢えば嬉しく、ずっと一緒にいたいと思うのは間違いないのに、一緒にいると、相手の言動の小さなことがいちいち気に障る。

やや重苦しい沈黙が落ちた。肩の力を抜いて笑顔を見せなさい、と心の中の自分が言う。謝るのなら今だ、せっかく来てくれた男を怒らせてはいけない、と訴えてくる。

このまま意地を張り続ければ、兼隆は立ち上がり、帰ってしまうかもしれない。そうなれば、余所の女のところへ行かれてしまう。それは嫌だと思った時、

「お酒をお持ちいたしました」

という声がして、雪が折敷に酒と木の実を和えたつまみをのせて運んできた。

そのお蔭で、重い沈黙は壊れ、張り詰めた気配もいつしか消えていた。

「私がお世話するから、そなたは下がっていいわ」

賢子は雪を下がらせると、自ら兼隆の傍らに座り直し、酒を注いだ。小式部ならばこういう時、すぐに愛想よく微笑むのかもしれないが、生憎、賢子にはそういうことができない。

それでも、酒を二杯ほど一気に干すと、兼隆も少し落ち着きを取り戻したようであっ

た。賢子が三杯目の酒を注ごうとすると、それより先に、

「今宵、私が来なければ、どうなっていた」

と、兼隆は賢子の方は見ないで問うた。

「どうなっていたとは、何のことですか」

賢子は手を止めて訊き返した。

「頼宗殿とずっと語らい続けていたのではないか」

「まさか、そんなことあるはずがございません」

賢子は本心から吃驚して言った。

「私が頼宗さまと二人きりでいたというなら、お気になさるのも分かりますけれど、小式部や中将の君が一緒だったのですよ。兼隆さまご自身の目で確かめられたばかりでしように」

「それはそうだが、小式部殿や中将の君が先に帰ってしまえば、ここにはあなたと頼宗殿二人きりとなっていたはずだ」

「その時は、頼宗さまにも一緒にお引き取り願いましたわ」

「頼宗殿がしばらくいさせてほしいとおっしゃったら、どうするつもりだ」

「そんなことを、あの方はおっしゃいません」

賢子ははっきりと告げた。

「私と兼隆さまとの仲を、頼宗さまとてご存じです。先ほど兼隆さまがいらしたとお聞きになり、もうそんな頃合いかと慌てておられました。つい長話をしてしまいましたが、あの方はもっと早くに帰るおつもりだったのです。きっと今夜、約束をしているお方がいらっしゃるのですわ」

「………」

「そんなことを、気になさっておられたのですか」

賢子は酒の壺を置き、兼隆の空いている方の手を両手でそっと包み込んだ。

「大した話もしておりませんが、あえて申し上げるなら、今日、私たち三人で鷹司殿のお邸へ参りましたので、そのお話をしたのですわ。あちらでは、小若君の元服のお話が取り沙汰されていて、ご本人にもお会いしましたので」

「そうか」

賢子の言葉を聞き、ようやく安心した様子で、兼隆は大きく息を吐いた。

「小若君の元服のこと、兼隆さまはご存じでいらっしゃいましたか」

「そういえば、耳にしたことがあったように思うが……」

安心して急に酔いが回ったのか、兼隆のしゃべり方はやや速度が遅くなった。

「いつ行うのだったかな」

首をかしげているので、「夏になったらと伺いました」と賢子は答えた。

「そういえば、そうだったか」

話の中身を気にしていたのは、賢子と頼宗の仲を疑っていたためだけで、小若君の元服そのものに特に関心はないらしい。しかし、

「この夏となると、予定通りに行うことができるかどうか」

突然、呟いた兼隆の言葉に、賢子は耳をそばだてた。

「どういうことでございますか」

賢子が再び酒を注ごうとすると、それを制して、杯を折敷の上に置き、兼隆は居住まいを正した。酔いが消えたわけではないが、その表情は真面目なものである。

「実は、上皇さまのお加減があまりよろしくないそうだ」

「まあ……」

賢子は沈鬱な表情を浮かべ、わずかにうつむいた。

昨年譲位した三条上皇は道長の甥に当たり、道長の次女妍子を中宮に迎えて皇女を儲けているのだが、政の上ではあまりよい関係を結ぶことができなかった。大きな原因の一つが、道長の娘との間に皇子を儲けられなかったことである。そして、別の后妃との間に儲けた第一皇子、敦明親王を東宮にと望み、それを望まぬ道長と対立した。

皇位は冷泉系と円融系の両統が交互に引き継ぐ仕組みであったから、三条上皇は我が子に皇位を譲ることはできない。先例に従って、円融系の後一条天皇に譲位したのだが、

その際、次の東宮に敦明親王を立てた。また、敦明親王を東宮とするため、その生母を皇后としたのだが、これにも道長は反対で、けっこう露骨な嫌がらせをしたのであった。

そんな心労も祟(たた)ったのか、眼病を患って譲位した後も、三条天皇の体調は思わしくないという。

「ですが、上皇さまに何かあれば、東宮さまはさぞや不安にお思いになるのではないでしょうか」

賢子がうつむきがちに述べると、兼隆も「まったくだ」と同意した。

今、敦明親王の東宮位が何とか守られているのは、曲がりなりにも父上皇が生存しているからだ。生母の実家はとうてい道長に太刀打ちできるものではなく、父上皇が崩御でもすれば、敦明親王は完全に孤立してしまう。そうなった時、道長がどんな手段を用いて東宮を追い詰めるのか。やり方は分からぬまでも、そういう事態を想像することは容易にできた。

「東宮さまは誰をお頼りになるのでしょうか」

「さて……」

兼隆は曖昧な物言いをした。東宮に同情する気持ちはあるが、自ら東宮のために立ち上がる気持ちはないのである。そんなことをすれば、道長に睨まれ、完全に将来を棒に振ることになるのだから致し方ない。

「御息所（東宮妃）のご実家の右大臣家がおそらくお世話をするのだろうが……」

「そういえば、右大臣さまは東宮大夫も兼ねていらっしゃいましたね」

現在の右大臣は藤原顕光といい、道長の従兄に当たる人物で、家柄では十分道長に対抗できる。実際、一条天皇のもとに長女元子を入内させ、彰子を擁する道長と競ったこともあるのだが、彰子が中宮となり、皇子を二人も儲けた時点で敗北を喫していた。

しかし、その後も失脚することなく無難に生き残り、昨年、道長が左大臣を辞した後は廟堂の第一人者となっている。

「おそらく、次の除目（人事発表）では、左大臣に昇進するだろうと言われている」

確かに顕光を超えて誰かが左大臣になることは考えにくい。

「ですが、右大臣さまはもう七十歳を超えていらっしゃいます。これから先、どこまで東宮さまをお支えできるか」

それに引き換え、道長は顕光より二十歳以上も若かった。

「あの方がここまで無事でいられたのは、叔父上（道長）から目をつけられなかったからだとも言われているしな」

兼隆が辛辣な言葉を吐く。しかし、大した功績も立ててこなかった顕光への世間の評価が低いのは事実で、「右大臣は無能である」とはっきり言う人もいた。それでも、頼りになる息子がいれば、顕光に代わって東宮を支えればよいのだが、跡継ぎの息子はすでに出家してしまい、他に頼れる息子や養子がいるわけでもなかった。

顕光が期待をかけているのは、東宮敦明親王に入内させた次女延子(のぶこ)だけなのである。延子は東宮の皇子を産んでおり、その子が即位すれば、顕光は摂政ないし関白となれるのだが、それまで顕光が生きていられるかどうか疑問視されていた。

「まあ、叔父上にはまだご息女もおられることだし、そのうちのお一人が東宮さまに入内することもあるかもしれぬしな」

と、続けられた兼隆の言葉に、それもそうだと賢子は思い直した。そうなれば、顕光や延子を悲しませることにはなるが、敦明親王の立場は盤石なものになるだろう。

「ところで」

と、兼隆が不意に声の調子を変えたので、賢子は顔を上げた。目の前に兼隆のまっすぐな目があった。先ほど立て続けに呷(あお)った酒もすでに抜けてしまったかのように、すっきりした表情をしている。そして、その目には真剣な光があった。

「前に言ったこと、考えてくれたか」

「前におっしゃったこととは……」

思い当たることはあったが、賢子は気づかぬふりをした。

「私の正式な妻となり、宮仕えを退いてほしいという話だ」

兼隆は賢子をじっと見据えたまま、息を継がずに一気に告げた。

「ですが、そんなにすぐというわけにも……」

賢子は確かな返答はせず、ごまかした。

「それに、宮中が今お聞きしたような状態ならば、そういう時こそ、皇太后さまのおそばにお付きしていたいと思いますし」

「もちろん今すぐにとは言わない。いつまでもとは約束できぬが、待つつもりもある」

「でも、私が実家の邸で暮らすようになれば、あなたさまは通ってくるのが億劫になってしまわれるかもしれません。今は皇太后さまへのご挨拶を兼ねて、こうして気軽に立ち寄ってくださいますけれど」

賢子の言葉に、兼隆は少しの間、無言であった。

賢子が実家とするのは堤邸と呼ばれる邸なのだが、そこには親戚が暮らしていて、邸の一角を宿下がりの時に使わせてもらっている。賢子はすでに父もなく、母の紫式部は宇治に引きこもっているので、都で使える邸はそこしかない。

ふつうは娘の両親が婿の世話をするものであるが、賢子にはそれをしてくれる親がいなかった。世話する者のいない女の邸へ男が通ってくるのは心の負担が大きく、夫を迎える妻の方も心苦しい。

「それについては、考えていることがある」

ややあって、おもむろに兼隆は切り出した。

「もちろん、あなたやお母上がよいとおっしゃればだが……」

と、賢子と紫式部の意向を無視するつもりはないと断った後、

「私の邸に、あなたを引き取ろうと思うのだ」

と、兼隆は一息に告げた。兼隆の邸といえば、彼が亡き父から相続した「粟田殿」という邸宅になる。

「えっ」

と、賢子は小さな声で訊き返した。

兼隆が言うのは、賢子と一緒に暮らすという意味である。兼隆のような上流の男が、賢子のような身分の女を邸へ引き取るということは――。

「私はあなたを正妻として迎えたいと思っている」

兼隆は瞬きもせずに告げた。思いがけない破格の申し出に、賢子は返事をすることもできないでいた。

三

傍らで休む兼隆の口から規則正しい寝息が漏れるのを確かめると、賢子はそっと身を起こした。

几帳の隙間から漏れてくるわずかな明かりしかないものの、暗がりに慣れた目には物

の輪郭くらいははっきり見える。

賢子は傍らの男の顔を静かに見下ろした。目鼻のくっきりとした顔立ちは、一度見たら忘れられないほど印象深いものである。頼宗のような優美な美男子ではないが、兼隆の顔立ちも整っている。

それでも、特に「お美しい」と言われることがないのは、がっしりした体つきも含めて、たくましさの方が目につくからであった。愛想よく笑うことはないし、不機嫌そうな目で見据えられれば、気の弱い者なら怯んでしまうことだろう。

（でも、私はそういう兼隆さまのことが好き……）

兼隆もまた、自分がある種の人を脅えさせることは自覚しており、気の弱そうな手弱女は苦手だと言っていたことがある。

（私は気も強いし、殿方のお言葉にだって平気で立ち向かっていくから……）

はっきりそう言われたわけではないが、自分のそういうところを、兼隆は好きになってくれたのだろうと、思うことはある。賢子もまた、気の強い自分を上回るほど、身も心も強い男が好きだった。そんな強い男なら、安心して頼ることも身を任せることもできる。そういう男なら、幼い頃亡くなった父（宣孝）のように、賢子を置き去りにして死んでしまったりしないはずだ。

（兼隆さまはお強い。お強いからお優しい。そして、高いご身分に釣り合わない私のような女にも、誠実に……不器用なくらい誠実に振る舞ってくださる。私はそのことが痛いほど分かっているはずなのに……）

どうして、兼隆から正妻にと望まれた時、天にも昇るほど嬉しいと思うことができなかったのだろう。

あの浮気っぽい小式部だって、高望みばかりして幸いをつかみ損ねている中将の君だって、好きな男からそんなふうに望まれれば、素直に喜ぶに違いないのに。

（宮仕えの暮らしを捨てられないから……？）

確かに、御所での暮らしは自分に合っているし、それは小式部たちからも言われている。仕事をするのは楽ではないが、邸の中でひたすら夫を待つだけの暮らしよりはるかに充実しているだろう。

だが、だからといって、それは愛しい男と引き換えにできるようなものではなかった。兼隆を失ってまで、宮仕えを続けたいと思うわけではない。

（私はどうしたらいいのでしょう、お母さま）

賢子はふだんあまり浮かべることのない母の面影をよみがえらせていた。

賢子が物心ついた時には、彰子のもとへ宮仕えに出ていて、一緒に暮らした思い出はほとんどない。賢子を育ててくれたのは、祖父の藤原為時（ためとき）で、賢子はこの祖父に懐いていた。今、御所で「越後弁」と呼ばれているのも、祖父が越後守（えちごのかみ）だったことに由来するもので、この呼び名も気に入っている。

母との距離が近かったのは、賢子が彰子の御所へ上がって、母娘で一緒の局に暮らしていたわずかな間だけのことだ。その後、母は御所を退いて宇治へ隠棲し、出家してしまった。今は仏道修行と、物語の続きを書くことに没頭しているのだが、賢子も時折は母に会うため、宇治まで出向くことがある。

そんな時、いつも牛車の用意をし、従者をそろえ、同行してくれるのは兼隆であった。

今から二年前の春、賢子が母を訪ねて宇治へ出向いた時も、兼隆は付き添ってくれた。三度目か四度目くらいのことだったろう。

すでに兼隆と賢子は親しく、文のやり取りもしていたし、兼隆が局を訪ねてくれば、中に入れるのを躊躇わない程度の仲にはなっていた。しかし、兼隆が賢子の局で一夜を過ごしたことは一度もない。

兼隆は賢子への想いを打ち明けてくれており、賢子もそれを斥ける気持ちはなかったが、そこまで深い仲になるのにはもう一つ何かが必要で、それが何かは賢子自身よく分からない、という状況だった。

それでも、二人は楽しくおしゃべりをしながら、宇治を目指した。ただ、この時、兼隆の親切をありがたく思いながらも、少し困ったと賢子は思っていた。

できるなら、兼隆のいないところで、母に相談したいことがあったのだ。他ならぬ兼隆自身のことである。

兼隆を好ましく思うのは間違いないのだが、道長の血縁者であり、自分とはとうてい身分の釣り合わない兼隆を受け容れていいものかどうか。母の意見に従うつもりはなかったが、母の考えは聞いてみたかった。

母は、多くの人が賞賛する『源氏物語』の作者である。そこでは、主人公である光源氏を中心に、さまざまな女人たちがさまざまな形の恋をくり広げる。光源氏が相手をした女人は、とてつもなく身分の高い女から、賢子程度の身分の女までいたし、また、母親よりも年上の女もいれば、娘より若い女もいた。

だからといって、母が恋心についてはとてもくわしい、この手の相談には適役である、と思うわけではない。賢子の知る限り、母は亡き父以外の男と深い関わりを持ったことはなく、その手の噂を聞くこともなかったからだ。それでも、母が兼隆という男をどう見ているか、こっそり聞いておきたかった。

やがて、賢子たちの一行は、紫式部の暮らす小ぢんまりとした宇治の庵に到着した。

「よく来てくれたわね」

母は和やかな表情で賢子たちを迎え、兼隆に対しては恐縮した様子で丁寧に頭を下げた。

「いつもご親切にしていただいて、勿体のうございます」

「いいえ、越後弁殿のお役に立てることが、私には喜びなのですから」

兼隆もまた、母に対して丁寧な態度を取る。賢子が御所へ上がる前から、兼隆と母は顔見知りだった。

「ですが、あなたのようなご身分のお方を、自分の都合で振り回すなんて。本当に身勝手な娘だこと」

母は賢子にあきれたような目を向け、溜息を漏らした。

「しかし、女人に心を奪われた男とはそうしたものでしょう。式部殿のお書きになった物語でも、中の品（中流）の娘で光源氏に想われた女人がおりましたな。ええと、夕顔の君に、明石の上でしたか」

兼隆は紫式部の手になる『源氏物語』を引き合いに出して言う。

「夕顔の君や明石の上は確かに中の品ですけれど、光源氏を利用したり振り回したりはしていませんよ。明石の上など、都を追われた光源氏をむしろ支えていたのですから」

確かに、夕顔は源氏に何の要求もせぬままはかなく死んでしまい、明石の上は実家の財力でもって源氏の生活を支えている。それに引き換え、賢子は兼隆を支えるどころか、その想いに応えてさえいないのだから、兼隆の親切は度を越したものに違いなかった。

外での挨拶が済むと、賢子と兼隆は庵の中で、蜜入りの冷たい水や餅菓子などを振る舞われ、母の知り合いの消息を語ったりしながら時を過ごした。母が健やかに暮らしていることを確かめ、表向きの用事は済んでいたが、本人の目の前で兼隆の話をすることはできず、兼隆が席を立つこともなかった。

このままでは、話をすることができないまま、母のもとを辞することになってしまう。焦りを覚えた時、賢子はよいことを思いついた。

（お母さまのところに、今晩、泊めていただけばいいんだわ）

宇治へ来る時はいつも、その日のうちに帰洛していたが、賢子一人が泊まったところで母に差し支えはないだろう。もちろん、兼隆は帰るだろうから、その後ゆっくりと一晩かけて母に相談すればいい。

「ねえ、お母さま。私、今夜はここに泊まっていくわ。そうでもしないと、お母さまとはなかなかお話もできないし。皇太后さまはいつでも泊まってくればいいと言ってくださっているの」

賢子がそう持ちかけると、母は喜びを見せるより先に、困惑の表情を浮かべた。

「でも、粟田参議さまは……」

母が目を向けて口ごもると、兼隆は「もちろん私は帰らねばなりません」と急いで言った。

「ですが、越後弁殿は皇太后さまのお許しが出ているのなら、泊まっていけばよろしいでしょう。明日、私は来られませんが、迎えの車と従者をこちらへ向かわせますよ」

「それでは、ただご負担を大きくするだけになりましょう」

母は兼隆に申し訳ないとくり返したし、賢子も同じ気持ちだった。実際、賢子が自力で牛車や従者を取りそろえるのは難しく、彰子に頼めないわけでもないが、他の同僚たちの手前もあって言い出しにくかった。

だから、兼隆が力を貸してくれるのは本当にありがたいことだったのだ。しかも、兼隆は決して押しつけがましい物言いをしない。

「あの、帰りは堤邸に知らせて、迎えの人をよこしてもらうように頼んでみますので」

賢子は小さな声で言った。堤邸に暮らす親戚に、その申し出をするのは兼隆に頼みごとをするより気が引けたが、仕方がない。すると、兼隆は少し寂しそうな表情を浮かべ、

「そのように、拒まないでください」

と、呟くように言った。

「私の申し出を受けたからといって、お二方がご負担を感じる必要はありません。私はただ、そうしたくてしているだけなのですから」

兼隆の賢子に向けられた眼差しは、熱を帯びていた。

「もちろん、何とも思わぬ相手に親切にしているわけではありません。欲や望みを持たぬわけでもない」

じっと見つめられた時、賢子は受け止めきれずにうつむいてしまった。

「よい機会ですから、はっきりと申し上げておこうと思います」

兼隆が改まった表情で言い出した時、賢子は想いを打ち明けられるのだろうと思った。緊張と喜びがぐんと胸の中で大きく膨らんだその時、

「紫式部殿」

と、兼隆は賢子ではなく、母の方に体を向け、深々と頭を下げたのであった。

「あなたの宝を私にくださいませんか」

何を言っているのかは分かったが、あまりに無骨な姿であった。賢子は大きく膨らんでいた緊張と喜びが急にしぼんでいくように感じた。

「粟田参議さまに差し上げられるどんな宝が、私のもとにあるのでしょう」

母は意外に落ち着いた声で、兼隆に言葉を返した。

「越後弁殿を超える宝をお持ちでいらっしゃるのですか」

逆に訊き返した兼隆に、母は微笑みながら「いいえ」と答えた。

「ですが、私が『差し上げます』と申し上げても、素直に聞き容れる娘ではございません。返事は本人にお聞きなさいませ。ただし、私が反対することはございません」

母は温かな声で嬉しそうに答えた。まるで賢子が兼隆を拒むことはないと確信しているような様子だった。賢子自身はまだそこまではっきりと心を決めていたわけではない

ので、少し不思議な気がしたものである。

「では、お返事は帰洛してから聞くことにいたしましょう。明日、迎えの車と人をよこしますゆえ、遠慮せず使ってください」

兼隆の言葉に、賢子はもう逆らわず「はい」と答えた。

御所へ戻ったらすぐ、返事をしなければならないと思った。無骨で少し的外れに思われた先の申し出も、改めて思い直すと、とても濃やかな気配りをしてくれたのだというふうに思えてきた。

父を早くに亡くし、頼れる身内といっては母一人だけの賢子である。そして、母にとっても娘は賢子一人であった。自分の夫は自分で選ぶと思っている賢子ではあるが、勝手に男を選んで後から報告するのと、事前に知らせておくのとでは、母の安心感も信頼もまるで異なるだろう。

（兼隆さまは、お母さまごと私を大事にすると示してくださったのだわ）

そのことに思い至った時、賢子の気持ちはほぼ決まっていたのだが、その晩、久しぶりに母と床を並べた賢子は兼隆についての意見を訊いてみた。

「お母さまは、兼隆さまのことをどう思っていらっしゃるの」

「どうって、私の考えはすでに粟田参議さまに申し上げたじゃないの。あなたも聞いていたでしょう」

「じゃあ、兼隆さまの申し出を受け容れたらいいと、お母さまは思っているのね」

「あなたはそうは思わないの？」

逆に母から訊き返され、賢子は床の中で母の方に体を向けると、

「兼隆さまのことはお慕いしています。でも、私とはご身分の違うお方だっていうことは気にかかるわ」

と、答えた。

「もちろん、あの方の正妻になろうなんて考えは大それているし、道理に外れているでしょう。でも、誰かに身を任せようという時、相手のご身分のことや、余所の通い所のことなど、考えられなくなるものではないかしら」

母の言葉が真実だとすれば、兼隆の身分のことで思い煩っている自分は、まだそこまでの想いに至ってはいないのかもしれない。

「あなたは勢いで突っ走るようなところがあるけれど、それにしては目端が利きすぎるというか、頭が回りすぎるというか、それで損をしているのよねえ」

母はそんなふうに自分の娘のことを評した。

「目端が利いて、頭が回るのは、お母さまのことでしょ。私はお母さまとは違うわ」

「あら、私はあなたのお父さまをお迎えした時、お父さま以外の何も目に入らなかったわ。あの人には長く連れ添った北の方もいらっしゃったけれど、そんなことどうでもよ

かった」

母にもそんな頃があったのかと思うと、意外な気はしたが、父と死別した後、定まった夫を持たなかったのは、亡き父を忘れられなかったせいかもしれない。

「兼隆さまのことは、あなた自身の心に従って決めればいいわ」

と、母は存外優しい声で言った。

「誰が相手でも、多かれ少なかれ障りは生じるものよ。それを忘れてしまえるほど愛しい相手とならば、どんなことも乗り越えていけるでしょう。それにね、今うまくいっていたって、それがずっと続くわけではないの。だから、あまり先々のことを思い悩まず、今この時を一緒に過ごしたい人かどうか、それだけを考えればいいのよ」

それが、母から受けた忠告であり、励ましの言葉だった。

翌日、賢子は兼隆が遣わしてくれた牛車に乗り、従者に伴われて、皇太后御所へ帰った。兼隆が賢子のもとへやって来たのは、その日の夕方のことである。

賢子は兼隆を迎え入れ、昨日からの礼を述べた。

「それから、昨日おっしゃってくださったことへのお返事なのですが」

賢子の話がそこに及ぶと、兼隆は急に慌てたような表情を浮かべた。

「いや、そのう、あなたは私をたいそう蔑んだことと思うが……」

昨日の堂々とした態度とは異なり、兼隆はしどろもどろになって言った。

「兼隆さまを蔑む？　どうしてでございますか」

「あなたを口説き落とす自信がないからといって、お母上を利用するなど、卑怯者と思われても致し方なく……」

「それって、つまり、お母さまに私を説得させようとしたってことですか」

「い、いや、式部殿にそのようなことを頼んだりはしておらぬ。ただ、お母上のご説得ならば、さすがのあなたも耳を傾けられるのではないか、と――」

「私は母にとって、それほど従順な娘ではございませんわ」

「……そうか」

兼隆はしゅんと萎れたようになった。

「昨日、紫式部殿もそのようなことをおっしゃっていたな」

兼隆の声は沈み込んでいく。

「ですから、お返事は私一人の考えによるものです」

「うむ」

兼隆は顔を上げて、どことなく恐るおそる賢子を見つめた。

「ですが、母からはこう言われました。今この時を一緒に過ごしたい人かどうか考えなさいって。それは、もっともな言葉だと思いましたので、私も真剣に考えました」

「それで、どう思うのだ、越後弁殿は?」

「私は兼隆さまと一緒にいたいですわ。いつもお優しいところも、母を通して想いを伝えてくださる無骨さも、それを正直に打ち明けてくださる不器用さも、すべて愛しいと思えますから」

「褒められている気がしないが……」

憮然とした表情で言う兼隆に、「だって褒めていませんもの」と答えて賢子は笑った。

「では、兼隆さまは私のどこを好きだと思ってくださるのですか」

改めて賢子が問うと、「そうだな」と兼隆は真面目な顔つきになって考え出した。しかし、「うーん」と唸り声を上げるばかりで、その口から気の利いた言葉はなかなか出てこない。

「あきれた。一つも挙げてくださらないんですか?」

待ち切れなくなった賢子が呟くと、兼隆は突然「ぜんぶだ」と叫ぶように言った。

「私はあなたのすべてが愛おしい」

必死の返答に、賢子は声を上げて笑い出した。兼隆もやがて苦笑を浮かべたが、ややあってから、少し緊張気味の声で、

「今宵、ここに泊めてくれるのか」

と、尋ねてきた。

「はい。そうしてくださいませ」

賢子は目を伏せて答えた。

それから二年が過ぎ、兼隆が賢子の局で過ごした夜も数を重ねた。思い出が降り積もり、絆（きずな）も強くなったと思うことはできる。

（兼隆さま……）

賢子は眠っている男の頰にそっと手を伸ばした。

男らしいきりっとした顔立ちが好きだった。賢子にだけ見せてくれるぎこちない笑みも――。

この人を自分だけのものにしたいという気持ちは確かにある。正妻になるというのは、その願いがほぼ叶えられることであった。もちろん他の女のもとへ通わないわけではないだろうし、この先も新しい女を持つかもしれないが、それでも正妻の地位は揺らぐことがない。兼隆はそれを賢子に与えようとしてくれているのだ。

「……眠れないのか」

突然、兼隆が目を覚ましたので、賢子は驚いた。

「兼隆さまが初めて泊まってくださった時のことを思い返していました」

賢子がささやくような声で言うと、「不思議だな」と兼隆は呟き返した。

「今、私も同じ頃のことを夢に見ていたような気がする」

兼隆は頰に添えられていた賢子の指をそっと握った。

「宇治へ行ってお母上にあなたをくださいと申し上げた時のことだ。覚えているか」

「忘れるはずがございません」

そう答えた賢子の手を、兼隆はそっと引いた。賢子は倒れ込むように兼隆の傍らに寄り添い、その衾(ふすま)の中に入り込む。たくましい腕が賢子の体を抱きしめた。

「私の気持ちは、あの時から少しも変わっていない」

兼隆は一片の曇りもない声で告げた。しかし、

「……私も同じでございます」

応じる自分の声が一瞬遅れたことを、賢子は自覚していた。そして、それをごまかそうとするかのように、自ら男の胸にすがりついていった。

四章　紫の瑞雲

一

その後、体調が思わしくないという三条上皇の容態に急変はなく、三月の初めには除目が行われ、空席だった左大臣には藤原顕光が、右大臣には藤原公季が、内大臣には藤原頼通が順送りに昇進した。

こうして、道長の後継者としての立場を確立した頼通は、その後間もなく摂政の位を譲られている。

間もなく夏が来て、四月二十六日、「小若君」は無事に元服を果たし、名を長家と改めた。

この時、元服の儀式に臨んだのが、本物の小若君ではなく、成り代わった六の君であることを賢子たちは知っている。誰かに正体がばれるようなこともなく、儀式は無事に済んだようだ。

「取りあえず、お二方のご様子をうかがいに行かなくては」

元服後、一日置いた二十八日、賢子は小式部、中将の君と共に、二人が暮らす邸へ向かった。すぐ近くではあるが、牛車に乗っていく。

「ねえ、私たち、お二方と親しくなって、信頼していただかなくちゃいけないのよね」

途中、車の中で中将の君がおもむろに言い出した。

「小若君はとてもおとなしい方のようだし、先日だって、六の君が付いていなくちゃ、お話もできなかったわよね。私たち三人がそろって押しかけたら、脅えてしまわれると思うのよ」

先日の二人の様子を思い返し、賢子はうなずいた。

「そこでね、お二方から信頼していただくために、三人それぞれの割り振りを決めましょう」

「割り振り?」

小式部が物憂げな調子で訊き返す。

「先日のように、六の君が小若君にべったり付き添っていらしたら、私たちが小若君に近付けないでしょ。だから、まずはお二方を引き離して、私たちがそれぞれのお相手をするのよ」

「まあ、それはいい案かもしれないわね」

小式部が賛同し、賢子もうなずいた。

「私の考えでは、越後弁は小若君とは合わないと思うの」

中将の君の発言に、賢子は「どういう意味よ」と目を剝いた。

「だって、あなた、怖いんだもの。ああいうおしとやかなお方のお世話は、優しくて大人びた女がするべきだと思わなくて？」

「私たちのどこに、優しくて大人びた女がいるわけ？」

「少なくとも、私はそう振る舞うことはできるわ」

得意げに顎をそらして、中将の君は言った。

「それ、私もいいと思うわ。越後弁は六の君のお世話役で、中将の君が小若君のお世話役ね。私は中将の君の補佐役ということで」

小式部が中将の君に賛同する。

「何でそうなるのよ。大体、小若君のお世話役が二人で、あのやんちゃな六の君のお世話役が一人なのは、どういうこと？」

「あら、やんちゃと言ったって、中身は女のお子さまよ。それに、六の君はしっかり者だわ。大したお世話は要らないでしょうし、しっかり者の女同士、気が合うでしょ」

小式部が滑らかに述べると、中将の君がもっともらしくうなずいて続けた。

「それに引き換え、小若君のお世話は大変よ。あの方を御簾の外へ連れ出し、男に戻した上、最後には官吏の道を歩めるようにして差し上げなくちゃいけないんだから。どう考えたって、小若君のお世話役を手厚くするのは当たり前でしょ」

そんな二人の言い分に押し切られる形で、賢子は六の君のお世話役を引き受けることになってしまった。

邸へ到着すると、三人は前の時と同様、小若君のもとへ案内されたが、案の定、いつまで待っても小若君が御簾の向こう側の席に出てくる気配はない。しばらく待っていると、六の君が駆けつけてきた。

元服後の姿を見るのは初めてであるが、動きやすい狩衣（かりぎぬ）姿で、きちんと烏帽子（えぼし）を被（かぶ）り、以前より凛々（りり）しさが増した様子である。

「これは、六の君。無事にご元服も果たされたようで何より」

少女に向かって「何より」もないものだが、他に言いようがない。

「うむ。元服後は『長家』という名をいただいたぞ」

聞いたところでは、六の君が小若君に成り代わって元服に臨もうとしたことは、早々に母親の倫子にばれてしまったそうだ。しかし、小若君が出家をほのめかしていると聞かされ、ついに倫子も折れたという。道長には倫子から口添えしてもらい、結局、事なきを得た。

「母上からは、いずれ元に戻ることを約束してくれと泣きつかれた」

「どうお答えになったのでございますか」

賢子が尋ねると、「それは無論、承知した」と六の君は言う。

「しなければ、元服させてもらえそうになかったからな」

と、続けて呟いたところをみると、どこまで本気か分からない。

「ところで、今日はゆっくりお話しなどできればと思うのですが、小若君をこちらへ呼んでいただけますでしょうか」

賢子が言うと、六の君はうなずき、先日のように御簾の奥に入っていった。

やがて、衣擦れの音がして、小若君が現れたことが分かる。六の君一人が御簾の外へ出てくるのを待って、

「では、こちらへ」

と、中将の君は六の君の手を取り、賢子の方へと導いた。

「小若君のお話し相手は、私どもが仕(つかまつ)ります。ご心配なさらなくとも大丈夫です。きっと小若君に楽しかったと言わせてみせますわ」

にこやかな笑顔を見せて言うと、素早く六の君の背後へ回り、

「六の君はこの越後弁とお遊びくださいませ」

と、その背を押した。

「何をご命じになられても、立派にお相手を務めますことでしょう」

勝手なことを言ってくれる、とは思ったが、言い争っても仕方ないので黙っている。

すると、六の君はにわかに御簾の方を振り返り、「小若君を一人にするわけには……」と言い出した。

「大丈夫でございますわ」

中将の君がすかさず六の君の前に立ちふさがるようにする。二人をひとまず引き離さなければ、物事は進まない。その時、思いがけないところから助け船が出た。

「……わたくしは別に……かまわないわ」

ともすれば聞き逃してしまいそうなか細い声だが、御簾の奥の小若君がそう言い出したのである。

「本当に大事無いのか」

小若君のことが気がかりでならないというふうに、六の君は言ったが、

「当のご本人が大丈夫と言っておいでなんです」

と、再び中将の君がその背を押した。

「後はお任せください。一刻（いっとき）（約二時間）ほど後にまたお顔を合わせましょう」

それまではどこへでもお行きくださいとばかり、賢子と六の君は小若君の部屋から押し出された。

「ええと、どちらへ参ればよろしいでしょうか」

廊下へ出たところで、賢子は六の君に尋ねた。

「そうですね」

六の君は立ち止まり首をかしげた。

「一刻もあるのだから、馬に乗ってどこかへ出かけてもいいですし、蹴鞠の方がいいかな」

六の君の言葉に、賢子は仰天した。

「私は馬には乗れませんし、蹴鞠だってしたことはございません」

そもそも、乗馬にせよ蹴鞠にせよ、男のすることである。

「何でもできるようなことを言っていたくせに」

と、六の君は不服そうに口を尖らせた。

「す、双六（すごろく）はいかがでしょう。囲碁のお相手もいたしますが」

男女を問わず誰でもする室内の遊びを挙げてみたが、「うーん」と六の君は気乗りしない声を出すばかりである。

「あなたは越後弁とおっしゃっていましたね。あの紫式部殿の娘御ですか」

突然、六の君は賢子の顔をまじまじと見つめながら尋ねてきた。

「はい、さようでございます。『源氏物語』でもご一緒に読みましょうか」

物語に興味があるのかと思って尋ねると、六の君は「いや」と首を横に振った。

「物語はあまり好きではありません。それより、紫式部殿の娘なら、漢文は読めるのでしょうな」

「えっ、それはまあ、少しなら」

漢文は男子が習うものである。賢子の祖父、つまり紫式部の父である藤原為時は著名な漢学者で、母は幼い頃から漢文の読み書きを習ったという。賢子もこの祖父に育てられたため、漢文の手ほどきを受けていた。

「なら、私に漢文を指南してください」

六の君が将来、女に戻って生きていくのなら、漢文の知識はあまり必要ない。母などは、仲間から敵視されないよう、「一」という漢字さえ読めないふりをしていたとも聞く。とはいえ、六の君が漢文の読み書きができるからといって、誰かにいじめられることはないだろうし、六の君の姉である皇太后彰子も漢文が読める。

「かしこまりました。では、そういたしましょう」

賢子は承知し、それから二人は一緒に六の君の部屋へと向かった。小若君の部屋が姫君ふうの設え(しつら)であったのに対し、こちらは公達ふうの設えである。御簾は備えられておらず、几帳も地味なものばかり、棚には冊子や巻物が所せましと並べられていた。

「私はまだ『白氏文集(はくしもんじゅう)』を読み始めたばかりだから……」

そう言いながら、六の君が棚の上を探り始めると、

「長家はいるか」

と、幼い声がして、小さな人影が駆け入ってきた。賢子が振り返ると、そこにいたのは顔見知りの少年である。

「まあ、三宮さま」

「何だ、賢子か」

少年は上品な顔立ちに似ず、ぞんざいな言い方をした。しかし、本当は嬉しくてならないのだと言わんばかりに、目が輝いている。

「お二人は知り合いでしたか」

六の君が振り返って尋ねた。

「あ、はい。三宮さまが御所へお見えになった時に、何度か」

三宮とは、故一条天皇の第三皇子であるがゆえの呼び名で、名を敦良（あつなが）という。生母は彰子で、その実家である道長夫妻の邸で暮らし、時折、皇太后御所へ遊びに来ていた。それで、賢子も敦良のことはもっと幼い頃から知っている。

今年九歳で、一つ年上の同母兄は後一条天皇であった。

「賢子は一人で参ったのか」

「いえ、今日は中将の君と小式部と一緒に参りました」

「母上のお使いか」

少年の目が期待に輝いているのを見ると、申し訳ない気持ちになるが、嘘を吐くわけにもいかないので「違います」と賢子は正直に答えた。

「今日は、小若君と六の君へのご挨拶に。中将の君と小式部は……六の君のもとにおります」

賢子はうっかり言い間違えないように注意しながら答えた。敦良は目の前の少女を長家（小若君）と思い込んでいる。

「ふうん、六の君か」

敦良は何となく解せないという表情を浮かべた。

「どうかいたしましたか」

「賢子たちは六の君を知っているのか。余は同じ邸にいるのに、六の君を見たことがないぞ」

賢子はちらと六の君を見やったが、六の君は素知らぬ顔で再び書物を探し始めている。

本人が目の前にいるのだが……と思いながらも、

「高貴な姫君というものは、めったにお顔をさらさないものなのです」

と、賢子は言った。

「だが、長家は六の君をよく知っているのだろう？」

敦良が尋ねると、六の君は再び振り返り、

「私たちは兄妹ですし、昔からずっと一緒におりましたから」

と、丁寧に答えた。

「そういえば、女房たちが言っていた。六の君は長家に似ているって」

思い出したという様子で敦良が言う。

「そうですね。そう言われることも確かにあります」

などと、六の君は澄ましているが、中身はともかく顔立ちはそっくりと言っていい。

「余も六の君を見てみたいぞ」

突然、敦良は言い出した。

「賢子、余を六の君のところへ連れてまいれ」

続けて降ってきた思いがけぬ命令に、賢子が「えっ」と戸惑っていると、

「いけません」

六の君がそれまでになく厳しい声を上げて、敦良を制した。

「あの方はとてもおとなしい人なのです。何の心構えもなく、初対面の人にお会いするなどかわいそうですから」

「六の君に会うのはそんなに大変なことなのか」

敦良は少し吃驚（びっくり）したようであった。

「なら、いい。それより、長家と賢子は余の相手をいたせ。余は双六がしたいぞ」

賢子は、漢文を読みたがっていた六の君の顔色をうかがうように見た。しかし、今上の弟宮である敦良親王の命令は絶対である。六の君も敦良には逆らおうとせず、「分かりました」とうなずいた。

それから、ご機嫌な敦良を相手に、約束の時刻まで双六をして遊んだ後、賢子と六の君が小若君の部屋へ戻ると、こちらは中将の君がご機嫌な顔をしていた。

「何をしていたの」

と尋ねると、小若君にお化粧を施したり、衣裳を見せてもらったりしていたという。小式部も初めは化粧のお手伝いをしたりしていたそうだが、自分がおしゃれをするならともかく、人の手伝いをするのは向かないため、途中で飽きてしまったらしい。

「私の補佐は必要なかったようだわ」

退屈そうな顔をした小式部は、自分は次回からは遠慮すると言い出した。

「それだったら、六の君の方を手伝ってちょうだい」

賢子がすかさず言うと、「嫌よ。子供相手の双六なんて」と言う。

「それは今日だけよ。三宮さまがお望みになったから」

「六の君のお望みは、蹴鞠か乗馬か漢文なんでしょ。私にはどれも無理だわ」

小式部は嫌だと言い張り続ける。牛車の中で言い合いを続ける賢子と小式部の横では、中将の君が「小若君っておかわいいから、どんなご衣裳もお似合いになるのよね」と人形遊びをする少女のような目つきで呟いていた。

二

それから間もなく、暦は五月を迎えた。

五日は端午の節句である。当日は、賢子と中将の君の二人で鷹司殿の邸を訪問し、六の君と小若君にそれぞれ菖蒲（しょうぶ）の花を贈り届けた。

この日は人の出入りも多く、ゆっくり言葉を交わすこともままならない。またの訪問を約束し、すぐに御所へ引き返したのだが、ほどなくして、それも許されぬ事態となってしまった。

譲位以来、危ぶまれていた三条上皇の容態が悪化し、崩御となったのである。

朝廷が喪に服する中、賢子たちも御所を出ることなく、ひっそりと静かに過ごさねばならなかった。六の君や小若君を訪ねるのも控えているうち、いつしか季節は秋に移っていた。

皇太后御所が大騒ぎになったのは、その秋の、八月に入ってすぐのことである。

「大変よ」

賢子たちの中で、世の中の動きに最も敏感なのは小式部である。どうやら、付き合いのある男たちから話を仕入れているらしい。

この日、御前で顔を合わせた小式部は、賢子と中将の君を端の方へ引っ張り、重大な知らせを耳打ちした。

「東宮さまが前摂政さま（道長）に、東宮位ご辞退を申し出られたのですって」

三条上皇の第一皇子敦明親王の立場の弱さは、早くから指摘されていることであった。外戚の力が弱い上に、道長が不満を抱いていることは世間に知れ渡っている。その上、今上の後一条天皇が十歳という若さであるのに対し、東宮は二十四歳という不自然さもあり、仮に即位できたとしてもその治世は短かろうと予想されていた。

「でも、東宮さまのご即位は、亡き上皇さまのご悲願でもあったはず。それを踏みにじるようなことを、東宮さまの方から申し出られるなんて」

亡き上皇の魂もそれでは浮かばれまいと思って、賢子が言うと、

「東宮さまは十分お苦しみになられた上でご決意なさったのだと思うわ」

と、小式部がいつになく、しみじみした口ぶりで告げた。

「このまま前摂政さまに睨まれながら針の筵に座り続けるのと、ご即位を早々とあきらめて静かなご生涯を過ごすのと、どちらがいいかってね」

確かに敦明親王にとって、東宮位は針の筵そのものだったのだろう。さらには、敦明親王の即位にこだわったのは亡き父三条上皇であって、敦明本人ではなかったのかもしれない。父上皇の生前はおとなしく従っていた敦明も、もはやこれ以上は耐え切れない

という気持ちになっていたものか。それを思うと、敦明親王を責めることはできない気もする。

「でも、何の落ち度もない東宮さまを廃することはできないわよね」

「ご辞退されるのだから、廃太子というわけではないわ。それにね、この先のご待遇もしかるべきものになるらしいわよ。何でも、前摂政さまがこの申し出をたいそうお喜びになって、上皇さまに準じるご待遇をお授けになり、さらにはご息女のお一人を入内させてもいい、とおっしゃってるんですって」

昂奮（こうふん）気味に伝える小式部の話に、賢子と中将の君は首をかしげた。

「おかしな話ね。姫君の入内は、皇子のご誕生を願ってのものであるはずなのに」

中将の君が解せないという顔つきで言う。この先、敦明親王のもとへ入内した娘が、仮に皇子を産むことになったとしても、即位することはできないだろう。道長にとって、娘は天皇家の外戚となるための重要な駒であるはずなのに、その一つを無駄に使おうというつもりなのか。

するとと、小式部は用心深く周囲を見回し、近くに人がいないのを確かめた後、それまでよりも小さな声で切り出した。

「だからね、前摂政さまは鷹司殿（倫子）のお産みになった姫君じゃなくて、高松殿（明子）の姫君を入内させるおつもりらしいわ」

「えっ、それって……」

あまりに露骨な差別待遇ではないのか。

正妻の産んだ彰子と妍子は、いずれも天皇の后妃になっているというのに、そうでない娘は東宮の位を捨てた皇子にくれてやるというのか。しかし、一方でこれは、道長の敦明親王への精一杯の償いなのかもしれない。

「高松殿のところには、姫君がお二人いらっしゃったわよね」

「ええ。上の姫君のことでしょうね。寛子(ひろこ)さまとおっしゃるそうよ」

「でも、その方がご入内なさったら、左大臣さまの姫君はお気の毒なことになるでしょうねえ」

と、中将の君が呟いたのは、東宮の御息所と呼ばれていた左大臣藤原顕光の娘延子のことである。高齢の顕光が敦明と延子を懸命に守るその姿は、道長一家の輝きに抗するべくもないもので、それゆえに世間からは哀れみの目で見られていた。

「ねえ、それよりも、次の東宮さまはどなたになるのかしら」

中将の君が不意に話を変えた。すでに東宮位を辞退した敦明親王より、次の東宮の方が重要だと言わんばかりである。

「前摂政さまのお胸の内にあるのは、皇太后さまがお産みになった三宮さまでしょうけれど……」

すぐに小式部が応じたものの、その先の言葉は続かなかった。

賢子は先だって、六の君と一緒に双六をした少年の姿を思い浮かべた。後一条天皇の跡を弟の敦良親王が継げば、頼通は外叔父として摂政の地位を手放さないでいられるのだ。

「そうなると、皇太后さまは二代続けての国母になられるのねえ」

仕える女主人のますますの栄光に、中将の君がうっとりと呟いた時、

「でも、皇太后さまは三宮さまの立太子を望んでいらっしゃらないんじゃないかしら」

と、賢子は思わず言葉を返していた。

「私もそうだと思うわ」

小式部も声を潜めて同意する。

「それって……」

と、中将の君が言いかけた折も折、御前がにわかに騒々しくなった。

「あなたたち、ぼうっとしていないで」

年輩の女房からの叱声が飛んできた。

「一宮（いちのみや）さまがお越しです。失礼のないように」

という言葉に、賢子たちは慌ただしく端の方へと移動した。

（こんな時に、一宮さまがどうして……）

賢子たちはそれぞれ首をかしげながら、顔を見合わせていた。

一宮とは、故一条天皇の第一皇子敦康親王のことである。後一条天皇にとっては兄に当たるのだが、天皇にはならなかった。母親が彰子ではなかったからである。

敦康親王の生母は定子といい、敦康が幼い頃に亡くなっていた。道長にとっては姪、彰子にとっては従姉に当たり、清少納言が仕えていた女人でもある。

定子は彰子より先に后となり、その後、彰子も中宮となった。二人の地位に上下はなく、それぞれの産んだ皇子の身分にも差はない。ならば、兄である敦康が皇位に就いてもよさそうなもので、父の一条天皇もそれを望んでいたのだが、そうはならなかった。道長の心を忖度して思いとどまったのである。

誰を東宮にするかと一条天皇が悩んでいた時、定子もその父である道隆も亡くなっており、道隆の息子たちは失脚していた。要するに、今回東宮を辞退した敦明親王と同じように、強い外戚を持たなかったのである。

道長はこの一条天皇の英断を評価していたが、彰子は違っていた。夫の望みを、父が強引に枉げさせたと考えたのである。

敦康は一条天皇の意向により、定子の死後、彰子の手もとで養育されていた。そうした経緯から、彰子は敦康を実の子のように大事に思い、今もずっとその身を気にかけている。

敦康も彰子を親のごとく敬い、御所にやって来ることも多い。もっとも、敦康は賢子たちと同年の十九歳なので、三十歳の彰子は母と見るには少し若すぎるだろうが……。

「お召しにより参りました」

敦康は優美な物腰で現れるなり、彰子に挨拶した。その言葉を聞く限り、自らの意思でやって来たというより、彰子に呼ばれたものらしい。

東宮位が空席になったまさにこの時、皇位継承権を持つ皇子の動きは注目される。皇太后に接触するのも、皇位への野心ありと見なされる恐れがあり、本来ならば慎重に避けるべきところであった。

彰子にそれが分からぬはずがない。それでもあえて敦康を呼び寄せたのは、世間からそう思われてもかまわないからであろう。というより、

（皇太后さまは一宮さまを次の東宮になさりたいのだわ）

と、賢子は確信した。むしろそれを世間に公表するため、敦康を招き寄せたのだ。

「間もなく、内大臣に権中納言、左大将も見えるはずです」

と、彰子はいつもより緊張した声で告げた。内大臣は頼通、権中納言は頼宗、左大将は教通のことだ。いずれも彰子の弟たちで、彰子の意を反映させる代理人にするつもりだろう。

ここに、父の道長が入っていないのは、すでに官職を辞しているためでもあるが、そ

れ以上に彰子の意に従わないことが分かっているからだ。彰子は敦良を東宮にと望む父に抗するため、弟たちを味方につけるつもりだった。

「皇太后さま……」

敦康が気遣わしげな声をかけた。

「私は……」

その声にわずかばかりの困惑が混じっている。敦康がそもそも皇位への野心などを持っておらず、また、強力な後ろ盾を持たぬ己の立場を弁えた人物であることもまた、よく知られていた。

「それ以上は言わないでください、一宮」

彰子は機先を制するように言った。

「そなたの思いはわたくしも存じております。けれども、ここは亡きお父上とわたくしのためと思い、受け容れてほしいのです。わたくしたち二人はずっと、そなたが帝となるお姿を見たかった。亡きお母上の皇后さまもきっと」

「………」

「たった一つでよい、小さなことでよいので善政を行ってください。そして、そなたという帝の名を歴史に刻んでほしい。それがわたくしのただ一つの願いです。そうしたら、そなたの思う人に皇位を譲ってくれてかまいません」

彰子の切なる願いに対し、敦康はもう何も言わなかった。

「内大臣たちが到着するまでは寛いでいてくださいませ。お話の合う同じ年頃の女房たちもいるでしょう」

彰子がそう言って話を切り上げたので、その場は少し緊張がほどけた。

「そなたたちがお相手をなさい」

年輩の女房に言われ、賢子たちがお話し相手を務めることになった。

「同い年というだけで、いつもあなた方にお仕事が振られてしまいますね」

敦康は先ほどとは違い、打ち解けた表情を賢子たちに向けて言った。

「私たちこそ、一宮さまと同い年ということで特別に扱われ、光栄ですわ」

小式部が愛想のよい笑顔を見せた。

「皇太后御所の三羽烏と言われたこともございますけれどね」

賢子が言うと、「三羽烏？」と敦康は目を瞠った後、明るい声を立てて笑い出した。

「それはいいですね。同い年の誼で私も加えてもらおうか。四羽烏でいかがですか」

「何をおっしゃいます。一宮さまは格別なお方。私たちと同列などとんでもないことでございます」

中将の君が慌てて言った言葉に、「本当にそうですわ」と賢子も同意した。

「私たちはお供の烏とお思いください」

「烏のお供といえば八咫烏（やたがらす）よね」

小式部が言えば、賢子と中将の君はうなずいた。この御所の女房なら『日本書紀』くらいは読んでいる。

「ならば、一宮さまは神日本磐余彦（かむやまとのいわれびこ）さまですわ」

八咫烏の案内で日本を平定した神武（じんむ）天皇を引き合いに出すと、さすがだという眼差しを向けつつも、一瞬の後、敦康は少し表情を暗くした。天皇家の祖とされる神武天皇の話題に、彰子が望む皇位継承の重みを感じ取ったのかもしれない。

「先ほどの皇太后さまのお言葉、気にかかりますか」

気づかぬふりをして話を変えることもできたが、何を話したところで、敦康の懸念が消えるわけではないと考え、あえて賢子は尋ねた。

「確かに、気にしないではいられぬお話です」

慎重に敦康は言った。賢子たちが黙ってうなずくと、

「私はこの度、東宮位を辞退された敦明殿のお気持ちがよく分かる」

と、敦康は続けた。

「私もあの方も帝の第一皇子として生まれ、後ろ盾を持たないという点でよく似ている。私もあの方のお立場であれば、同じようにしたと思うのです」

「それに、お父上が皇位継承をお望みになったという点もよく似ておられます」

中将の君が静かな声で告げると、「そうでしたね」と敦康はうなずいた。

「一宮さまは皇太后さまのご意向に従われるおつもりですか」

思い切って賢子が尋ねると、敦康は言葉を選ぶようにしながら口を開いた。

「私にとっては、亡き父上が私の立太子をお望みになったことも、私自身が特にそれを望んでいないことも、それほど大事ではないのです。私にとって何より重んじなければならないのは、皇太后さまがそれをお望みであるということ」

そう言って、敦康は一度彰子の御座所の方へ目を向け、

「皇太后さまは私にとって、紫の上と思い申し上げるお方ですから」

と、続けた。やがて、こちらへ戻ってきた敦康の眼差しは、賢子一人に注がれる。これは、「紫の上」が『源氏物語』に登場する女君であり、賢子が紫式部の娘だからだ。

「あら、それはどういう意味でいらっしゃいますの。紫の上は光君から最も慈しまれた、まさに理想の女君とされる方。ここはじっくりとお話を伺わなければなりませんわね」

小式部が俄然色めき立った。女にとって理想の男が光源氏なら、男にとって理想の女人が紫の上――と言えるような描き方が『源氏物語』ではされている。

敦康は苦笑を浮かべた。

「何やら誤解なさったようですが、私は皇太后さまを理想の女君と申し上げたわけでは……」

「あら、それはそれで気まずいお言葉なのではありませんこと？　皇太后さまのどこが一宮さまの理想から外れているとおっしゃるのでしょう」

小式部から立て続けに問われ、敦康はたじたじとなっている。もちろん小式部はからかっているだけなのだが、

「そういう意味ではなくて、ですね」

と、敦康は生真面目に返事をした。

「あえて言うなら、皇太后さまは理想の母君という意味で、私の紫の上なのです」

「でも、紫の上はお子を産んではいないのに……」

と、中将の君が首をかしげる。光源氏の第一の妻として大事にされた紫の上であるが、光源氏の子を産むことはなかった。その代わり、他の女君の産んだ姫を引き取って育てている。賢子はそのことに思い至り、

「もしかして、紫の上が生さぬ仲の姫君をお育てするところに、皇太后さまのお姿を重ねられたのですか」

と、敦康に問うた。「その通りです」と敦康はうなずく。

彰子は自分の子を産んでいるし、紫の上が育てたのは女の子だから、現実と物語は同じではない。が、生さぬ仲の自分を育ててくれた彰子に、敦康は紫の上の姿を見たのだろう。

賢子も小式部も中将の君も、それ以上何も言わなかった。ただ、その場の誰もが彰子を誇らしく思い、その願いができるならば叶ってほしいと思っていた。彰子の願いを何よりも重んじなければならぬと言う敦康の孝心にも、胸が揺さぶられずにはいられなかった。

しかし、この日、いつまで待っても、頼通も頼宗も教通も現れなかった。

「内大臣さま（頼通）はまだお見えにならないのですか」

彰子の意を受けた老女房の声が幾度も御前に響いたが、取り次ぎ役の女房からは「いまだに音沙汰ございません」という返事がくり返されるばかり。他の二人も同じである。

さすがに夕刻になり、敦康は彰子のもとを辞去した。

「せっかく来てくださったというのに……」

彰子がすまなそうに言うのに対して、敦康は「お気になさらないでください」と優しく答えた。

「皇太后さまのお顔を拝せただけで、参上した意味はございました」

また参ります――と言い置いて、敦康は何事もなかったように退出していった。

敦康の言葉をぜひとも彰子に伝えたいと賢子は思ったが、彰子は頼通たちの不参に不快さを隠さぬ様子で、それどころではない。

「皇太后さまの弟君たちは逃げ回っておられるのだわ」

と、小式部があきれた声で呟いた。

「ここへやって来れば、一宮さまの立太子をよろしく頼むと言われてしまう。皇太后さまと一宮さまの目の前で断ることもおできにならない。それで逃げ回っていらっしゃったのよ」

確かにその通りだろうと賢子も思った。情けない話だが、頼通たちとて父親と姉の板挟みにはなりたくないだろう。そして、彼らは父親に従うと決めたのだ。

この日、彰子の弟たちの誰かが御所へ参上することはなく、それからしばらくの間、不参が続いた。

数日後の八月九日、敦明親王の東宮位辞退が触れられ、新東宮が発表される。

新たに東宮となったのは、彰子を母とする敦良親王。

これにより、冷泉系と円融系の両統から交互に天皇を出すという原則は崩れ、皇位は円融系で独占される形となった。彰子はこの知らせを耳にしても、何一つ言葉を発することはなかった。

三

この後の八月二十五日、すでに東宮位を辞退していた敦明親王に「小一条院(こいちじょういん)」の院号が宣下(せんげ)された。即位を経ずして上皇に準じる待遇となったのである。また、道長が娘寛子の婿として小一条院を迎えることもほぼ確実となり、東宮位辞退の折に約束したことを、道長はきちんと果たすつもりのようであった。

こうした世の中の大きな動きに、皇太后御所は半ば蚊帳の外であったのだが、東宮となった敦良親王が挨拶に来ることが決まると、御所内はにわかに慌ただしくなった。

これまで道長の邸で暮らしていた敦良はこの度、東宮として宮中へ入ることになったのである。

「これよりは帝をお支えし、東宮としての務めを果たすべく努めてまいります」

九歳の敦良は、彰子を前に堂々と口上を述べた。少しも動じることのない態度には、幼いながらも人の上に立つ者の風格さえ感じさせる。

（ご立派だわ、三宮さま、いえ、東宮さま）

兄の後一条天皇が物静かな質であるのに対し、敦良はやんちゃなところがあった。早くから東宮となり、即位が確定していた兄と異なり、さほどの重圧を感じることなく育ったためでもあるのだろう。

だが、これからは一つ一つの行動が注目され、天皇にふさわしいかどうか、厳しい目で判断されることになる。

（どうか、皆から尊敬される東宮におなりくださいませ）

賢子としては、おとなしい後一条天皇より、敦良の方に親しみを覚えてきた。双六や貝合わせといった遊びの相手も務めてきたし、敦良も賢子に懐いている。だから、敦康の立太子を望んでいた彰子を気遣う気持ちとは別に、敦良の立太子を祝い、応援したい気持ちもあった。

もちろん、彰子とて、我が子の立太子は嬉しいはずだ。しかし、父と弟たちが示し合わせて、自分の意向を無視したことへの無念さは残っている。

「東宮とおなりになったこと、喜ばしく思います」

彰子は落ち着いた声で言葉を返した。穏やかな物言いはいつもと同じだし、その声にこれという含みがあったわけでもない。しかし、ふつうの者ならば気づかない程度のわずかな心の隔て——薄く漉いた紙一枚ほどの隔てがそこにあることを、賢子は感じた。それは、ついに立太子させてやれなかった敦康への申し訳なさであり、その代わりに立太子したのが我が子であったことへのやりきれなさから来るものだろう。

「今後は人の声によく耳を傾け、何が正しく何が間違っているのか判別する力を養い、帝をお助けしてください」

彰子の言葉が続けられた。そして、これを聞くうちに、敦良の表情が少しずつ変わってきた。

（気づいてしまわれたのだわ。皇太后さまのお胸の内にあるわずかな心の隔てに——）

気づくか気づかぬか微妙なものであったのだが、敦良は決して鈍い少年ではなかった。

しかし、母の胸中にある複雑な思いや事情を察してやれるほど大人でもない。

「……はい」

彰子の言葉に応じた敦良の声は、初めとは打って変わって小さなものであった。わずかにうつむいて拳をぎゅっと握り締めているその様子は、母の態度の冷たさに傷ついているというより、拗(す)ねているように見える。

「母上」

ややあって、敦良は少し唐突な感じで呼びかけた。

「ご挨拶もしましたから、庭へ出てもよろしいですか」

その申し出は、その場に控える女房たちには、堅苦しい挨拶を終えて緊張を解いた少年のものと聞こえたようだ。

東宮さまになられたとはいえ、まだまだ幼くていらっしゃる——そんな目を向ける女房たちもいた。

「かまいませんよ」

彰子もどこかほっとしたような調子で答えた。我が子から東宮としての挨拶を受けるのは、彰子自身、気詰まりなことでもあったのだろう。今の彰子の声からはわずかな隔ても感じられず、敦良を見つめる眼差しも情け深い母親以外のものではなかった。

「誰かに付いて行ってもらいなさい」

彰子がそう続け、女房の誰かを指名しようと、周りを見回した時であった。

「要りません」

ふて腐れたような声で敦良は言った。

「一人でどこへでも行けます」

立ち上がるやそう言い放ち、敦良は踵を返した。そして、あっという間に御前から姿を消してしまった。

「まあ、何という……」

彰子は呆気に取られていたが、その顔色はどことなく不安げである。自分の言動のある部分を感づかれたのではないかと心配しているのだ。

「よほど外へ出ていきたくて、うずうずしておいでだったのですねえ」

「あの年頃の童とは、そうしたものでございますわ」

年かさの女房たちは呑気なことを言って、ほのぼのと笑っている。が、賢子は心配だった。この御所で敦良の身に何かが起こるはずもないのだが、それよりも、母に対する敦良の心が頑なになってしまうのではないか、と——。

(私には東宮さまのお気持ちが分かる。だって、私も同じだったから——)

自分に対する母の態度を冷たいと感じ、自分を置いて宮仕えに行く母をひそかに恨み、母にとっては娘より主人の彰子の方が大事なのだと的外れな勘違いをして……。

「越後弁」

その時、彰子の声が賢子の耳に注がれた。急いで向き直り「はい」と返事をすると、

「念のため、そなたが様子を見てきてくれますか」

と、彰子が告げた。

「かしこまりました」

賢子は弾かれたように応じると、すぐに敦良の後を追いかけた。


敦良が南の庭に通じる階を駆け下りて行ったのは見えたので、賢子もそこから庭へ出ることにした。さすがに外を歩き回るのに、床を引きずる裳といちばん上の唐衣は着ていられない。それらを脱いで丸めたものを小脇に抱えると、用意されていた履物を履いて、庭へ下り立った。その後は敦良の姿を捜しながら、歩を進める。

この日、敦良が着ていたのは濃い紅色の水干だった。御所の庭木はまだ紅葉していないので、あの格好ならばすぐに見つけられると思うのだが……。

しかし、敦良は全力で駆けて行ったものか、なかなか見つからなかった。賢子は少し考え、場所をしぼって捜すことにした。

この御所の庭で敦良のお気に入りと思われるのは、南西にある築山である。池のほとりに築かれ、その姿が水面に映える景色はなかなか見事なものであった。敦良はかつて

雪合戦をした折、自分がその築山を陣取って勝利したのがきっかけで、ここが好きだと言っていたことがある。

（もしや——）

と思いつつ、行ってみると、築山のてっぺんに見覚えのある濃い紅色の姿があった。そこに座り込んだ敦良はぼんやりと空を見上げている。

「東宮さま」

築山の麓から呼びかけると、

「何だ、賢子か」

敦良はぞんざいな調子で呼び捨てた。が、その目に嬉しそうな光が浮かんでいるのを見れば、一人ぼっちで寂しかったのだろう。

「そちらへ伺ってもかまいませんか」

賢子が尋ねると、

「上がって来られるのか？」

と、意地の悪い問いかけが降ってくる。

「私はまだ二十歳前でございます。このくらい、何でもございませんわ」

そう言って、賢子が足を踏み出すと、

「そうではなくて、仮にも賢子は女子だろうに」

と、あきれたような声がかけられたが、その時にはもう、賢子は敦良の傍らに到着していた。

「お隣に座らせていただいても？」

そう断って、敦良の傍らに座り込むと、「衣服が汚れるぞ」と気遣い混じりの声がかけられた。

「草の上ですから大丈夫でしょう。東宮さまのご衣裳の方が気がかりですが」

「別にいい」

敦良は不機嫌そうに答えて、賢子から目をそらした。

「余を哀れんで、追いかけてきたのか」

「そういうわけではございません。ただ、皇太后さまはご心配になっておられました」

「うわべだけだ」

決めつけるように、敦良は言った。

「母上は……一宮の兄上（敦康）のことだけが大事なのだ」

「そんなことは……」

「そうでないなら、ご自分が産んだ子はぞんざいに扱ってもいいと思っているのだ」

多少勘違いが含まれているとはいうものの、敦良の母を見る目はなかなか鋭い。彰子は皇太后として正しくあらねばならぬと思う余り、身内のみを重んじるのは我欲に他ならない、と考えている節がある。

父の道長が露骨に身内を優遇し、他者を排斥してきた姿を目の当たりにして、それを醜いと思ってしまったのだろう。逆に自分は父とは反対に、他者を身内のように慈しまねばならぬと思うようになった。それが、敦康を大事にする姿勢ともなっている。

「東宮さまの今のお言葉が正しいならば、我が子だからこそ隠した本音を分かってくれるだろうという、皇太后さまの甘えなのかもしれません」

「母親が子供に甘えるなんておかしい」

敦良は怒りのこもった声で言った。

「甘えるのは、子供だけに許されることだと?」

「賢子はそうは思わぬのか?」

敦良は空から賢子へ目を戻して訊いた。

「そうですわね。私は、親であれ子であれ、甘えが許される場合と許されない場合があると思いますが」

「どういう意味だ」

「親は、親としてだけ生きているわけではございません。東宮さまのお母上も、もちろん私のような者の母であっても」

「……………」

「皇太后さまは特別なお方です。東宮さまのお母上である前に、皇太后としてのお役目がございます。皇太后として公平に正しくあらねばならない。どなたを立太子させるべきか、というような問題において、母としてではなく皇太后としてのお立場を重んじられるのは当たり前です」

「母上が、一宮の兄上を東宮にと望んでおられたのは、余も知っている」

　敦良は目を足もとに向けて呟くように言った。敦良の周りに、余計なことを吹き込んだ輩がいたようである。

「そうだとしても、東宮さまより一宮さまがおかわいいわけではありません。また、東宮さまが一宮さまより劣るとお考えになったわけでもありません。長幼の順を重んじられたのであり、一宮さまの立太子を望んでおられた亡き先帝のご遺志に従おうとなさっただけでございます」

　敦良は顔を上げると、賢子をじっと見つめてきた。その両目から、すでに怒りの色が消え失せているのを確かめ、賢子はほっとする。

「そんな皇太后さまを、私は誇りに思います。私利私欲に走らない、それこそが上に立つお方というもの。東宮さまはそんな皇太后さまのお子なのです。東宮として、やがてはこの国の帝として、そのようなお方におなりください。皇太后さまも、もちろん私も、そのことを強く願っております」

賢子が口を閉ざすと、少しの間、沈黙が落ちた。築山に向かって涼しい風が吹き抜けていった。

「賢子の母は、余の母上に仕えていたのだろう？」

ふと思い出したという様子で、敦良が尋ねた。

「はい。紫式部と申しました」

「知っている。『源氏物語』を書いた人だ」

「よくご存じで」

「賢子は母が宮仕えしていて寂しい思いをしたことがあるのか」

「そうでございますね。物の道理も分からぬ頃は、皇太后さまに母を取られたように思ったこともございました。母は実の娘の私より、お仕えする皇太后さまの方が大事なように見えましたから」

「そうか」

「『源氏物語』に紫の上という女人が出てくるのですが、ご存じでいらっしゃいますか」

「くわしくは知らないが、紫式部の『紫』はそこからつけられたのだろう？」

「さようです。すばらしい女人なのですが、少女の頃は若紫（わかむらさき）の君（きみ）などと呼ばれておりました。その少女を描く母の筆遣いはとても優しく温かいのです。私はそれを読み、母はきっと皇太后さまのことを書いたのだろうと思っていました。でも、ずっと後になって、母が話してくれたんです。若紫は私のことを書いたのだって」

　その時の胸の温(ぬく)もりがよみがえってくる。あの時、賢子は母へのわだかまりを解いた。

「私はわがままと甘えから、母を誤解していました。だから、分かるのです。東宮さまが今、お母上を誤解なさっているということが――」

　でも大丈夫です、と賢子はにっこり微笑んで告げた。

「親とは、子のわがままも甘えも許してくれるものですから」

「賢子、余は……」

　敦良は眩(まぶ)しそうに目を細め、一瞬躊躇うように口ごもった。その時、

「あっ、東宮さま！」

　賢子は敦良の言葉を待つのも忘れ、大きな声を上げた。自分がしゃべるのを遮られた経験などない敦良が吃驚して、「何だ」と目を瞠る。

「御覧ください」

　賢子は西の空を指さして叫んだ。

「あそこに、美しい色の雲が……」

　西の空に細長く紫色の雲が棚引いている。夕暮れに見られる茜雲(あかねぐも)よりも、青みがかった紫色に近い。それに、夕暮れと呼ぶにはまだ早すぎる頃合いであった。

「何てきれいなんでしょう」

「……うん」

「紫色の雲は瑞兆といいます。御仏(みほとけ)が来迎(らいごう)する時とも、偉大な天子が現れた時とも」

東宮さま——賢子は美しい雲から敦良に目を向け、心を込めて呼びかけた。

「きっと、東宮さまが偉大な天子になる兆しでございますわ。あの紫の雲に乗り、ご立派な帝とおなりください。私は地上からそのお姿を、いつでも見上げておりますから」

「ならぬ」

唐突に、敦良は叫ぶように言った。

「余があの雲の上に住まうなら、賢子はあそこまで昇って来なくてはならぬ」

敦良は紫の雲を指さしながら、力強く命じた。そのあまりに強い口ぶりに少し圧倒されそうになりながらも、

「それは大変でございますわね。とても長い階(きざはし)がございませんと——」

と、賢子は軽口に紛らして答えた。

再び空を見上げると、景色はすっかり変わっている。細長かった横雲は風に引きちぎられ、美しい色合いも薄れかけていた。それから、紫雲の切れ端はあっという間に、青空に吸い込まれるように消えてしまった。

「そういえば……」

夢から覚めたような心地で、賢子は空から敦良に目を戻しつつ、

「先ほど、何か言いかけておられましたのに、申し訳ございませんでした」

と、謝った。「何でございましょう」と改めて尋ねたが、

「もういい。忘れた」

敦良はきまり悪そうに目をそらした。

五章　とりかへばや　其の二

一

敦良親王が東宮となって宮中へ入り、前東宮の敦明親王が小一条院と呼ばれるようになってしばらくすると、季節は冬へ移った。そして、十一月の半ば過ぎ、小一条院は道長の娘の寛子のもとへ婿入りした。

この婚礼は、小一条院への償いという意味もあってか、大掛かりに重々しく執り行われた。小一条院は道長の婿として丁重に扱われ、東宮だった頃より、世間から重んじられている。

だが、このことにひどく傷つけられ、悲嘆に沈み込む者もいた。小一条院の妻である延子とその父の顕光である。

「小一条院さまは左大臣家の御息所さま（延子）をまったく顧みられなくなってしまったのですって」

そんな噂話を、賢子と中将の君にもたらしてくれるのは、例によって小式部であった。

「いくら前摂政さまの婿君になられたからといって、それはひどいわ。御息所さまとの間には、すでにお子さまだっておられるのに」

中将の君が義憤に駆られて言い募る。

「確かに身勝手よねえ。これまで小一条院さまをお守りしてきたのは、左大臣さまのご一家なのに。前摂政さまから手を差し伸べられるや、あっさり乗り換えられるなんて」

小式部の評価も辛辣だった。複数の妻を持つのが当たり前とはいえ、長年連れ添った妻を見捨てて、新しい女のもとへ入り浸る男は感心されない。特に、元の妻に非がない場合、男と新しい妻の一族は非難の的にさらされるものであった。

「何でも、御息所さまがものも喉に通らないほど嘆き悲しまれるので、左大臣さまは頭に血が上ってしまわれて、前摂政さまと高松殿の女御さま（寛子）を呪詛していらっしゃるそうよ」

ひどく声を潜め、小式部はまことしやかに告げた。

「えっ、いくら何でも、呪詛はまずいんじゃないの？」

中将の君が顔を蒼くして呟く。

「もし本当なら、左大臣さまは罪人にされてしまうし、御息所さまだってご無事ではいられなくなってしまうわ」

賢子も不安を覚えた。昔から、呪詛が発覚して、地位を追われた権力者は何人もいる。近いところでは、道長と権力を争って敗れた甥の藤原伊周、隆家兄弟などがそれだ。もっとも、呪詛の発覚で処罰された罪人の中には、濡れ衣をきせられた者も少なからずいる。皆、それを承知の上で、呪詛は権力争いに利用されてきた。

もちろん、本当に力のある験者や陰陽師に呪詛をかけられれば、どんな目に遭わされるか分からないので、対抗措置を取る者もいる。道長が陰陽師安倍晴明やその息子吉平を重用してきたのも、その一例であった。

「あまり大きな声を出さないでちょうだい。呪詛なんて噂に過ぎないのですからね」

小式部が賢子と中将の君を小声で咎めた。

「それにしても、あなた、そんな恐ろしげな噂、どこから聞き入れてくるのよ」

中将の君が不思議そうに尋ねると、「それは内緒よ」と、小式部は不敵な笑みを口もとに漂わせて言う。こういう顔をする時は、必ず男が関わっているのだ。

「まさか、教通さまとよりを戻したんじゃないでしょうね」

疑わしげな眼差しを向け、中将の君が問うた。

「教通さまは前摂政さまのご子息よ。左大臣さまの家の内情をご存じないわけないでしよ？」

それに、私は昔の男に執着する女ではないの、と小式部は高らかに告げる。

「教通さまでないなら、どなたとお付き合いしているのよ」

代わって賢子が問うと、「それも内緒」とかわされてしまった。

「あなた方も、前摂政さまのお身内は避けた方が無難かもしれないわ」

などと、不遜なことまで付け加えて言う。

「だって、左大臣さまから呪詛されてしまうかもしれないんですもの」

他ならぬ兼隆が道長の甥なだけに、小式部の言葉は不快だったが、どちらにしても本気ではない。ただ、この物言いからして、小式部の新しい男は道長の身内ではないらしいと、賢子は思い至った。

「ねえ、今、ふと思ったんだけれど……」

その時、中将の君が不安げな目の色になって呟いた。

「皇太后さまは近頃、ご体調が思わしくないとおっしゃることが多くない？」

賢子と小式部は同時に顔を見合わせ、そしてどちらも返事ができなかった。確かに、常の御座所へ現れず、引きこもっていることが多くはなった。御座所にいる時でも不調を訴えて、奥へ引き取ることもある。

しかし、病に臥せっているわけではないし、医者が呼ばれるほどでもない。

敦良の立太子の後、道長はともかく、彰子の弟たちは再び御所へ現れるようになっていた。頼通も頼宗も教通も、初めはきまり悪そうだったが、彰子は弟たちを咎めてはいない。

後一条天皇は無論、敦良も気軽に来られる身分ではなくなってしまったが、敦康は今も彰子を気遣い、よく参上する。敦康の成長ぶりは彰子の慰めであるらしく、敦康と顔を合わせた時は本当に嬉しそうだ。

そんな彰子が他人から呪詛されるなどあってはならない。しかし、道長の長女である事実は覆しようもなく、道長の栄華の大部分をもたらしたのが彰子であるのも否めなかった。

道長を恨む人物が、道長に効き目がないのなら、その子女を呪詛してやれと考えるのは自然な流れである。

「まさか、左大臣さまの呪詛じゃないわよね」

中将の君の声が恐ろしげに震えていた。

「そんなことあるわけないでしょ。呪われるなら高松殿の女御さまでなければおかしいわ」

寛子には悪いが、敦明を延子から奪ったのは他ならぬ寛子だ。そのとばっちりで、姉の彰子が呪われていいはずがない。賢子が声高に言い返したら、小式部から「静かに」と袖を引かれた。慌てて口を押さえたところへ、

「ちょっと、あなたたち。そんなところでおしゃべりばかりしていないで」

と、目上の女房から叱責された。申し訳ありませんと、三人そろって頭を下げると、

「もうすぐお客さまがいらっしゃるから、車宿りまでお迎えに行ってちょうだい」

と、慌ただしく告げられた。

「それでは、越後弁がすぐに参ります」

すかさず、小式部が返事をする。こういう時、人に仕事を押し付ける手際のよさは大したものだ。

「……かしこまりました」

仕事を押し付け合っても仕方がないので、賢子は立ち上がり、車宿りまで出向いた。件（くだん）の客人という人物は、すでにその場にいて取り次ぎ役の女房が現れるのを待っていた。これまで見たことのない人物である。

相手は墨染めの衣を着た僧侶であった。年齢は四十路（よそじ）ほどだろうか。何より驚いたのはその僧侶の顔立ちがひどく端整で、優美だったことである。

「お待たせして申し訳ございません。取り次ぎ役の越後弁と申します」

僧侶は両手を合わせ、丁寧に一礼した。

「無名（むみょう）と申します」

声も涼やかであった。

「どのような字をお書きになるのでございましょう」

「名も無し、と書いて、無名と申します。以後、お見知りおきを」

変わった名だと思いつつ、賢子は案内に立った。これほどの美僧で、彰子の縁者なら、それなりに世間の評判になっていても不思議はないだろうに。

「あのう、御坊さまはどちらのお寺からお見えになったのでしょうか」

賢子はほんのついでという感じで、さりげなく尋ねてみた。

「いえ、私はこれという寺には入っておりません」

無名法師は落ち着いた声で告げた。

「えっ、そうなのでございますか」

ならば、山野で修行に励む修験者か何かなのだろうか。立て続けに問いかけるのもきまり悪く、躊躇っているうちに御座所へ到着してしまった。

彰子は奥の部屋にいるという。そちらで祈禱を行ってほしいという年輩の女房に案内役を譲り、賢子は無名と別れた。

「ちょっと、あの御坊さま。何て美しい方なの」

小式部と中将の君がさっそく近付いてくる。

「少し頼宗さまに似ておられるわね」

と言ったのは、中将の君だ。実は賢子もひそかにそう思っていた。道長一家の血縁者なら似ていても不思議はないが、上流出身の出家者が寺に入らないことはまず考えられない。

賢子は、無名法師から聞いたわずかの知識と、それによって抱えた疑問の数々を、二人に打ち明けた。

「無名なんて御坊さまのことは聞いたことないわねえ」

「前摂政さまのご一族で、ご出家した方は確かにいらっしゃるけれど、皆さま、所在ははっきりしていらっしゃるし、無名なんて法名の方はいなかったはず」

「でも、皇太后さまから招かれたのなら、何らかのご縁があるはずよね」

そんなことを言い交わした後、三人の話題は先ほど聞いた「祈禱」のことに移っていった。

「皇太后さまが祈禱をお頼みになったって、どういうこと」

賢子が問うと、先ほど耳に挟んだばかりだと、中将の君が説明を始めた。

「やはり、皇太后さまはお加減が思わしくないのですって。寝込まれるほどでもないのだけれど、頭がお痛みになる日が続いているらしいわ」

「まさか、怨霊っていうわけじゃ……」

「それが分からないから、取りあえず祈禱をってことになったそうよ」

しかし、誰の紹介で無名法師がやって来たのかは、さっぱり分からなかった。

その後、祈禱が終わって無名法師が現れるまで、三人はおしゃべりを続けていたのだ

が、いざお見送りをする段になると、

「私が車宿りまでご案内いたしますわ」

賢子たちを差し置いて素早く立ち上がったのは、小式部であった。

「あら、私が……」

と、言いかけたものの、中将の君は一歩も二歩も出遅れている。

結局、見送り役は小式部が務めることになったのだが、引き返してきた時には残念そうな表情を浮かべていた。

「あれこれ探りを入れてみたのだけれど、何も分からなかったわ」

と、残念そうに言う。

「御坊さまが相手だと、どうも調子が出ないのよ」

無名法師は自分のことはおろか、彰子の祈禱についてもくわしいことは何一つ明かさなかったという。

「まあ、それだけ信頼が置ける人と考えることもできるわね」

賢子が言うと、口惜（くや）しそうではあったが、その通りだと小式部もうなずいた。その時、先ほど賢子たちに声をかけてきた年輩の女房の姿が見えたので、三人は互いに顔を見合わせると立ち上がった。

「あの、先ほどの御坊さまですが、どういうお方なのでしょうか」

さりげなさを装って尋ねると、年輩の女房は表情を厳しくして、首を横に振った。

「あの方について、余計な詮索はしないこと。皇太后さまのお加減も悪いと申し上げるほどではないのだから、くれぐれも御所の外へ漏らさぬように」

口を封じられてしまい、それ以上尋ねることはできなかったが、これでは何かあると言っているようなものだ。

その後、元の席へ戻った三人は、何となくもの思わしげに顔を見合わせた。

「無名法師さまのことを探ってみるわ」

小式部はなぜかやる気を見せて言い出した。

「探るって、自分でやるんじゃなくて、男に探らせるんでしょ」

中将の君が嫌みっぽく言ったが、「他にどんなやり方があるのよ」と小式部は平然としたものだ。

(兼隆さまにお願いしたら、引き受けてくださるかしら)

賢子はふと思い立った。兼隆はたぶん快く引き受けてくれるだろう。

――私はあなたを正妻として迎えたいと思っている。

その兼隆の申し出に対し、賢子はまだ答えを出せていない。それでいて、自分の頼みごとだけをするのは卑怯なことだろうか。

(それとこれとは、話が別だわ)

賢子は都合よく考え、数日後、訪ねてきた兼隆に、無名法師の素性を調べてほしいと頼んだ。

「分かった。確かに皇太后さまと無縁なはずはないから、何とかやってみよう」

兼隆は快く引き受けてくれた。

「くれぐれも用心してください」

「私が危ない目に遭ったりするものか」

兼隆は歯を見せて笑った。

この時、兼隆は先の申し出についての返事を、賢子に問おうとしなかった。

(兼隆さまは本当にお優しいのですね)

その優しさに自分が胸を打たれているということを伝えたかった。しかし、賢子もまた、この夜、その言葉を口にすることはできなかった。

二

長和六年が改元により、寛仁(かんにん)元年となったこの年の十二月、道長はいわゆる名誉職である太政大臣(だいじょうだいじん)に就任した。年が変わった寛仁二年の春には、早くも職を退いている。

また、この年の一月には、彰子が皇太后から太皇太后(たいこうたいごう)になった。これは空いた皇太后の座にいずれ現在中宮である妍子を移すための布石である。というのも、二人の妹に当たる威子（たけこ）が、三月には後一条天皇に入内する運びで、威子が立后する際には中宮の座が空いていなければならないからだ。

そして、同じ三月には、賢子たちの恐れていたことも予定されている。

昨年元服した「長家」が婿入りすることになったのだ。無論、元服の儀に臨み、その後も「長家」として暮らしているのは、入れ替わった六の君である。

ひとまず様子を見守ることになってから、賢子たちはこの兄妹のもとへ足を運んでいたが、取り立てて変化は見られない。少女である六の君はますます凛々しく、少年である小若君はますますたおやかに、二人は成長を重ねていた。

とにかく、彼らがあまり頑なにならないよう、できるだけ親しくなり、まずは信頼してもらうこと。それが、賢子らの目指すところだったが、そうこうするうち、三条上皇の崩御、それに次ぐ東宮の交代、彰子の体調不良など、さまざまなことがあり、二人を元に戻すどころではなくなっていた。

しかし、今年に入って、ばたばたと「長家」の婿入りが決まると、一月下旬のある日、頼宗が蒼い顔をして御所へ現れた。とにかく対策を練らなくては、というので、賢子、小式部、中将の君は以前のように、賢子の局に集まった。

「今度ばかりはごまかしきれぬ。相手は父と親しい侍従（じじゅう）中納言藤原行成（ゆきなり）殿の姫君なのです。女を婿入りさせたなどと世間に知られたら、我が家は面目丸つぶれだ」

いつにない頼宗の困惑ぶりを前にして、賢子たちはなだめ役に回らなければならなかった。

「いくらやんちゃな六の君でも、女の身で婿入りするとはおっしゃいませんでしょう」

賢子は自分自身に言い聞かせるつもりで言った。

「行成殿のご息女はまだ十二とお聞きしました。本物の長家さまは十四歳。婿入りなさってても、しばらくは形だけでしょうから、仮に六の君が婿入りなさっても、女とばれることはありませんわよ」

中将の君がいささか呑気すぎる意見を述べた。頼宗を安心させようとしているのだろうが、慰めにはならなかったらしく、頼宗は大きな溜息を吐く。

「ところで、このお話ですけれど、内大臣さま（頼通）はご存じでいらっしゃらないのですか」

前にも同じことを尋ねた時、知らないはずだと頼宗は言った。道長は頼通をこういった些事に関わらせるつもりはないのだ、と——。しかし、今に至るまで解決していないこの問題は、もう些事ではなくなっている。

「幼い頃の二人が、おかしな癖を持っていたことは無論、ご存じですが、その後のことはおそらく何も——」

と、頼宗の返事も前と変わらぬものであった。

「ですが、元服後の長家さまとはお顔を合わせることもおありでしょう。内大臣さまはそれが妹君であることに、まったくお気づきでないのですか」

「初めから疑いを持って見るのならともかく、そうでなければ気づかないでしょう。私も気をつけていますし」

「ですが、内大臣さまは今ではご一家の当主です。それなのに、ご一家の抱える大事な問題をご存じないというのは、おかしくありませんか」

「確かに越後弁の言う通りですわ。権中納言さま（頼宗）がこんなにも深く悩んでおいでなのに、内大臣さまが知らんふりだなんて」

めずらしく中将の君が賢子に同意する。

「父上は、内大臣には光の道だけを歩ませたいとお思いなのでしょう」

頼宗はひどく曖昧な物言いをした。

「光の道……？」

言わんとすることは分かるような気もするが、賢子たち三人は何とも微妙な眼差しを交わし合った。

「影は、我々弟たちに踏ませるおつもりなのです」

頼通が光で、それ以外の弟たちが影。あるいは、正妻である倫子の産んだ息子が光で、明子の息子たちは影。

倫子の産んだ教通だけが微妙なところだが、頼宗自身はもう、己の人生には光が当たらないものと覚悟を決めているようであった。

正妻の子と庶子の区別は、どうすることもできない世の仕組みだし、生まれてきた順番をどうにかすることもできない。本人の才覚で変えられる部分も人生にはあるが、運によるところも大きかった。

道長は、跡継ぎと定めた頼通には表舞台での責任だけを背負わせ、それ以外の些事は他の息子たちに押し付けようとしている。

少なくとも、頼宗はそう考えているようであった。

「ですが、私は不満を言いたいのではありませんよ」

不意に、頼宗が声の調子を変えて告げた。いつものように、とまではいかないが、にっこりと艶やかに微笑んでみせる。

「私がそれを言い出したら、私以上に不満を言いたい人が山のようにあふれてしまう。亡き伯父上のお子たちをはじめ、東宮をご辞退なさった小一条院さまとてそうでしょう。今でこそ、私の妹の婿として満ち足りたご様子ですが、ご本心は分かりません。まして、小一条院さまを奪われた左大臣（顕光）とその娘の御息所は私たちを恨んでおいでのはず」

「おつらい……ですわね」

言葉数は少ないが、心のこもった声で小式部が言った。

「欲するものが手に入らずに嘆くのと、手に入れながらも人の恨みを恐れるのと、果たしてどちらがよいのか、私には分かりません」

頼宗の言葉にごまかしは感じられなかった。そして、それに対して、中流の家に生まれた三人は、何も言葉を返すことができなかった。

「話が脇にそれてしまいましたが、今はあの困り者たちをどうにかすることが先決です」

気を取り直した様子で、頼宗は言った。

胸の内に抱えるものを吐き出したせいか、初めに見せていた動揺ぶりが影を潜め、表情もすっきりとしたものになっている。

「今さらではありますが、頼れるのはあなた方だけなのです。父上も鷹司殿（倫子）も尚侍（ないし）殿の入内を控え、大忙しですからね」

尚侍とは女官の最高位で、現在そう呼ばれているのは、入内を間近に控えた威子のことである。道長の正妻倫子が産んだ四人の娘のうち、三番目の姫だ。夫となる後一条天皇とは、叔母と甥の間柄となる。今年二十歳（はたち）の威子に対し、天皇は十一歳で、威子が尚侍となったのも天皇が成人するまでの措置であったようだ。

単純な年齢だけを考えれば、今年で十二歳になった六の君の方が釣り合うのだが、

（入内なさるのが、あの方でなくてよかった）

というのが、賢子たちの本音である。

しかし、道長が末の娘に期待しているのは、東宮となった敦良親王への入内であるらしい。それはもう、道長の周辺では公然と口にされている話のようで、今さらその娘が異母兄に成り代わって元服までした、などと世間に知られるわけにはいかなかった。

「期待していますよ」

最後に、一人ひとりの目をじっと見つめ、頼宗はいつものように言った。

頼宗が帰った後も、三人は賢子の局での相談を続けた。

「あのお二方、誰とも婚姻しないなんて言ってなかったかしらね」

頼宗がいなくなると、小式部は遠慮のない口ぶりで言った。

「世間が『長家さま』って思っているのは、あのやんちゃなお姫さまでしょ。あの方なら、絶対に婿入りなんてするものかって、父君や母君に言い張りそうなものなのに」

「さすがに、前摂政さまには逆らえなかったんじゃないの？」

中将の君が言った。

「それに、お子さまの気持ちなんか考えずに、お相手を決めちゃったかもしれないわよね。きっと行成殿の方からぜひともうちの婿にくれって、頼まれたんでしょうし」

「で、どっちが婿入りするのかしら」

小式部は少しばかり興味があるという目の色を浮かべて呟いた。

「実際のところ、頼宗さまのおっしゃる通り、これを機にお二方が元に戻るのを承知なされるのがいちばんいいわ。でも、正直なところ、あの小若君が男の格好に戻られて、婿入りできると思う？」

主に小若君の世話係ということで、これまでも仲良くしてきた中将の君に、賢子は目を向けて尋ねた。

「そんなの、無理に決まってるでしょ」

中将の君は検討の余地もないという調子で言う。

「あの方はね、本当にたおやかな姫君なの。男としてお生まれになったことなんて関わりないわ。すべてが姫君でいらっしゃるのに、格好だけ男の形(なり)をして婿入りしたって、うまくいくはずがないわよ」

「それじゃあ、中将の君はどうすればいいと言うの」

「今度も六の君が何とかしてくださるんじゃないの？　元服だってうまくいったし、その後の出仕だって、あの方がなさっているんだし」

「でも、どんなに凜々しくても、あの方は女なのよ。婿入りすればばれてしまうわ」

「そうはいったって、初めは添い寝するだけでしょ。一、二年は何とかなるんじゃないかしら」

　中将の君の言葉に、賢子は大きな溜息を漏らした。その意見が無謀だとあきれたからではない。最後はその意見を採るしかないと分かっているからであった。

「また、時を稼ぐだけで、解決は先送りになるというわけね」

「まあ、それでも猶予ができただけいいじゃないの」

　小式部は完全に他人事（ひとごと）という様子だ。

（小式部は頼りにならないし、中将の君はすっかり小若君の味方ぶっているし）

ああ、もう——と賢子は頭を抱えたい気分であった。

「取りあえず、明日お邸へ伺って、お二方のお考えを確かめましょう」

　賢子はその場を取り仕切るように言った。中将の君は「いいわよ」とすぐに返事をしたが、小式部は「私はご遠慮しておくわ」と言う。

「そうやって、面倒事はぜんぶ人任せにして」

　賢子が文句を言うと、

「私は別の用事があるのよ」

　小式部は澄まして言い返した。

「無名法師さまがこの御所以外に出入りしている邸があるって耳にしたの。それをくわしく知る人と会う約束があるのよ」

「本当なの？」

賢子が疑わしげな目を向けると、「本当よ」と小式部は不服そうに言い返した。

「とんでもなく大きなお邸に出入りしているそうよ」

「大きなお邸って、御所として使われるようなご邸宅のこと？」

「そうよ。前摂政さまが小一条院さまをお迎えになった高松殿のお邸くらいにね。もちろん、高松殿ではないけれど」

小式部は思わせぶりな調子で言う。

「せめて、そのお邸の名前くらい教えてもらわなくちゃ、あなたの話が本当とは信じられないわ」

賢子が問い詰めると、

「堀河殿（ほりかわどの）よ」

さして内緒にしておこうというつもりもないらしく、小式部はあっさり白状した。

しかし、この返事は重大である。堀河殿を所有しているのは、左大臣藤原顕光であり、今そこで暮らしているのは、小一条院から見捨てられた形の延子とその皇子たちなのである。

そして、顕光が道長一家を恨んでいるという噂も、まことしやかにささやかれ続けていた。

ていたのである。

（このこと、兼隆さまにもお伝えしておかなければ）

兼隆も賢子の頼みで無名法師のことを探ってくれていたが、手がかりがないとぼやいていたのである。

「分かったわ。無名法師さまのことは、太皇太后さまに関わる大事な話だわ。六の君と小若君のもとへは私たちで行くから、あなたは無名法師さまについて分かったことをちゃんと知らせてちょうだい」

賢子が言うと、「いいわよ」と答えて、小式部はふふっと笑った。話を聞かせてもらう相手というのは、今、小式部が付き合っている男なのだろう。

「行成殿の家へ婿入りするのがどちらの方になったか、決まったら、私にも教えてくださいな」

小式部は呑気そうに告げた。

三

翌日、賢子と中将の君の二人は、鷹司殿の邸を訪ねた。ひとまずは、小若君の部屋へ通され、六の君にもそちらへ来てもらう。小若君は六の君が来る前に、御簾の向こう側ではあるが、自ら姿を現した。

「よく来てくださいました」

中将の君に対してはすっかり打ち解けているらしく、小さな声ではあるが、挨拶の言葉を聞くこともできた。以前に比べれば、かなりの進歩と言っていい。

(でも、殿方の格好をするのは、まだ無理そうよねえ)

御簾の外へ出てくることのない小若君を前に、賢子はひそかに思いめぐらす。

ややあって、六の君が姿を現した。以前は賢子たちが来ると、小若君を案じるあまり駆け飛んでくるという様子だったが、今はそんなことはない。落ち着いた足取りでやって来ると、

「太皇太后のお加減はいかがですか」

と、まず尋ねた。

無名法師のことは告げていないが、彰子の加減があまり思わしくないことは鷹司殿の邸にも知らせている。

「今は落ち着いていらっしゃいます。主上(おかみ)のもとへ尚侍さまがご入内遊ばす日を、心待ちにしておられるご様子。それから、その、長家さまの婿入りの件も、お心にかけていらっしゃいますが……」

顔色をうかがうような目を向けると、

「そちらは心待ちではなく、何とかして妨げたいのでしょう」

六の君はやや皮肉めいた口ぶりで応じた。

「私としても、何とか逃れようとしてみたのです。私たちはまだ、元の姿に戻る気はないと言ってね。しかし、父上には通じませんでした。勝手に、婿入りの日取りを安倍吉平殿に占わせてしまって。あの陰陽師に付け届けでもして、日取りをもっと先にしてもらえばよかったかな」

最後の方は独り言のようである。

「日取りを先に延ばせば、元のお姿にお戻りになって……その、そちらの小若君が婿入りできるということでございますか」

賢子が御簾の方へちらと目を向けて尋ねると、六の君は「それは……」と口ごもる。御簾の奥で、小若君が身じろぎする気配があったが、その声は漏れなかった。

「あの方に婿入りを強いるなんて、酷でございます」

代わって口を開いたのは、中将の君であった。

「外の風に当てるのさえ躊躇われるようなお方に、余所の家へ通わせるなんて……」

中将の君の声には悲痛な気配さえ混じっている。

「その通りです」

六の君が決意を秘めた声で言った。

「やはり、婿入りは私がいたします。何、父親の侍従中納言殿（行成）とは親しくしているのです。私を気に入り、婿にと望んでくださったのだ。あちらの姫もまだ十二歳ということだし、形だけの夫婦ですから何とでもなる」

「何とでもなんて、なりませんよ」

賢子は思わず声を荒らげた。

「仮に、初めはごまかせたとしても、いつまでもそうしていられるわけではございません」

「それは分かっています」

六の君は賢子から目をそらして言う。

「取りあえずは、私が婿入りして時を稼ぎ、その後のことはまた考えます」

解決にはならなかったが、それ以外の方法を思いつくわけではなかった。

「……ごめんなさい」

その時、御簾の奥からすすり泣く声が漏れた。

「わたくしが不甲斐(ふがい)ないせいで、いつもあなたにつらいことばかりさせて……」

「何を言うんだ」

そう言いながら、六の君は立ち上がっていた。賢子と中将の君の前を横切り、御簾の奥へと姿を消す。

「私はあなたのために尽くすのが嬉しいんだ。これからだって、あなたのことは私がお守りする」

懸命に慰める六の君の声が、御簾の外へ漏れてきていた。

(守ってやると言ってる方が本当は姫君で、二歳年下の妹だっていうんだから、わけが分からなくなる)

しかし、六の君の必死の慰めが功を奏したのか、小若君のすすり泣く声はやがて小さく消えていった。

「さあ、小若君」

それを待ちかねたように、明るい声を出したのは中将の君である。

「涙をお拭きになったら、この私にお化粧直しをさせてくださいませ。眉も以前より上手に引けるようになりましたし、今日は小若君にお似合いと思う紅を持参いたしましたの。前のものよりも少し明るい紅色で、お若い小若君にはたいそうお似合いになると思いますわ」

うきうきした声でしゃべり散らした後、「御簾の奥へお入りしても?」と尋ねると、

「どうぞ」という小さな声が返ってきた。

中将の君は御簾の奥へ入ると、

「さ、殿方は外へどうぞ」

と、六の君に向かって言う。

(殿方って、本当は姫さまなのに……)

賢子が中将の君の物言いをおかしく思っていたら、六の君が何とも言えないという表情で御簾の外へ現れた。

「私どもは何をいたしましょうか」

この邸へ通うようになってから、賢子は六の君のお世話役を引き受けさせられていたが、二人きりで過ごす時は、話をするか漢文を読むか、たいていどちらかである。一年前、まだ『白氏文集』を読めていないと言っていた六の君は、もう半分以上は読めるようになっていた。

「今日は話をしましょう」

と、六の君は言った。そして、二人は春の庭が見える簀子（すのこ）へ場所を移し、並んで座り込んだ。

小若君の部屋に面した庭には、紅梅と白梅の木が二本仲良く植わっていて、ちょうど散り際の哀れを誘っている頃であった。

話をすると自分から言い出したわりに、六の君はなかなか切り出そうとしない。

「姉君の尚侍さまのご入内は、三月のことでございますね」

賢子はさりげなく話を持ちかけた。

「尚侍さまのお支度を調えるのに、今こちらは大変でございましょう」

「……そうですね」

「お母上を同じくする姉君は、皆さま、帝か東宮さまのもとへご入内なさっておられます。おそらくは尚侍さまもいずれ中宮とおなり遊ばすことでしょう」

「……そうでしょうね」

答える六の君の口調は歯切れがよくない。

「あなたさまは姉君たちのお姿を、うらやましいと思うことはないのですか」

答えはすぐに返ってこなかった。

「うらやましくは……ないですね」

ややあって、口から言葉を押し出すように六の君は答える。

「美しく着飾るのは好きではないということですか」

「別にそういうわけではありませんが、着飾るだけなら男の格好でもできる。むしろ、そのくらいが私には好ましく思えるのです」

「そうですか」

賢子がうなずくと、六の君は目を庭木から賢子に移して続けた。

「それに、姉君たちは誰一人、望んで入内したわけではないと思いますが」

六の君の両目には、どことなく挑むような強い光が宿っていた。

「物語のような恋をして誰かと結ばれる、そういうお話であれば、望みを叶えたお方はいらっしゃらないでしょう。ですが、それは殿方でも同じではありませんの？　現に、男の格好をなさっているあなたさまは、見たこともない姫君のもとへ婿入りなさるではありませんか」

「確かに、そうですが……」

何となく言い負かされた感じで口を閉ざした六の君は、ふと表情を改めると、思い直した様子で口を開いた。

「私からも、あなたに尋ねたいことがあったのです」

「はい。お話があるとのことでございましたね」

賢子も六の君に目を向け、居住まいを正した。

「あなたは東宮さまのことをどう思っているのですか」

六の君の表情も声も真剣そのものである。

賢子の脳裡(のうり)に、幼い敦良親王の面影が浮かんだ。どう思うと言われて、かわいいとは思うが、そういうことを答えればよいのだろうか。それとも、天皇にふさわしい器かどうか、ということを問われているのだろうか。

「どう、とはいかなる意味でしょうか」

困惑しつつ、賢子は訊き返した。

「だから、女としてどう思っているのかということだ」

少しばかり苛立ちのこもった声で、六の君は言う。

「女として？」

あまりにも思いがけない言葉に、賢子は仰天した。

「それって、女が殿方を恋しく想うという意味において、ということでございますか」

回りくどい言い方をする賢子に、六の君は鬱陶しげな眼差しを注ぐ。

「他にどういう意味があるのです」

賢子は返事ができなかった。

「東宮さまはあなたをお気に召しておられるようですよ」

さらに、意外な言葉が飛び出してきたが、この時はもう、賢子は先ほど以上に驚くことはなかった。

「それは、弟が姉を慕うようなお気持ちでございましょう。東宮さまが母君の御所へ来られた折、よくお遊び相手を務めてまいりましたので。私は母を同じくする兄弟姉妹がおらず、幼いお子の相手をするのが楽しゅうございました。東宮さまもよく懐いてくださって……」

賢子がしゃべり続けるのを遮って、六の君は「そうか」と大きくうなずいた。

「それで、東宮さまはあなたをお慕いするようになったのですね」

「は？　ですから、あなたさまが思っているような意味合いではなくて、ですね」

「決めました」

賢子の言葉など、耳に入っていないという調子で、六の君は言う。

「えっ、何を」

「私は東宮さまのお味方をいたします」

「東宮さまのお味方とは？」

「東宮さまがあなたへの想いを遂げるための手助けをするということです」

六の君がそう断じた時、賢子の目の前に庭の紅梅の花びらが一枚、風に乗って運ばれてきた。賢子は瞬きをすることも忘れていた。

六章　忘れがたき人

一

　その日、兼隆は太皇太后御所へ向かう道すがら、先に堀河殿と呼ばれる邸へ向かった。二条堀河にあるこの邸の歴史は古い。藤原氏で最初に関白になった藤原基経（もとつね）が貴人を迎えるために使った邸とされ、その後、子孫に譲られてきた。

　この基経が活躍したのは百五十年ほど前になるが、今、廟堂を動かしている者はたいていこの基経の血を引いている。道長一家は無論、左大臣顕光も右大臣公季もそうだ。

　そして、藤原氏を象徴するこの堀河殿を受け継いだのは、五代目の子孫に当たる顕光だった。

　兼隆は堀河殿の近くで馬を降りると、従者に預け、目立たぬ場所に潜んでいるよう命じた。一方、自らは別の邸の塀に身を潜めると、そこから堀河殿の門前の様子をうかがった。

（果たして、今日は何か見られるだろうか）

兼隆が堀河殿を見張るようになったのは、賢子から無名法師について探ってほしいと頼まれていたところへ、その無名法師が堀河殿に出入りしているらしいと聞いたからである。

だが、それだけが理由というわけでもない。

「左大臣は堀河殿で、小一条院さまの女御（延子）の髪を切り、御幣を捧げて、前摂政殿（道長）を呪詛しているそうな」

という不穏な噂を耳にしたためでもあった。

叔父であり養父でもある道長に対する思いはあまりに複雑で、とても一言では言い尽くせない。しかし、何はともあれ、兼隆が現在公卿の席に連なり、平穏無事に生きていけるのは道長のお蔭だ。若くして父を亡くした兼隆など、下手をすれば従兄たちのように、流刑に処されていてもおかしくはなかったのだから。

そういう目に遭わずに済んだのは、兼隆が道長に逆らわなかったからであり、そんな兼隆を道長が守ってくれたからだと十分分かっている。

だから、道長が呪詛され、その身が危うくなるのは、兼隆自身としてはとても困ることであった。

ならば、堀河殿を見張り、もしも噂が本当であるならばその証をつかみ、道長に恩を売っておきたい。無名法師とやらは賢子から聞くだけで、本人を見たことはなかったが、場合によっては顕光の行う呪詛に関わっている恐れもある。これで、無名法師の正体も同時につかむことができれば、賢子もおそらく自分のことを見直してくれるだろう。

そんな目論見から、従者たちに堀河殿を見張らせるようになって数日。今のところ、無名法師らしき人物が堀河殿に出入りしたという報告は上がっていない。

（さすがに、外から見張っているだけでは埒が明かないか）

兼隆自身が堀河殿に足を運べるのは、宮中での仕事が終わり、その夜の宿所へ行くまでの間だけで、それも毎日というわけにはいかない。この日は賢子のもとへ行くつもりだったが、その前に堀河殿へ立ち寄ったのは、何らかの報告をして、賢子を喜ばせるなり安心させるなりしたいという思いゆえであった。

「参議殿ともあろうお方が、他人の邸の見張りですかな。亡きお父上が嘆いておられますぞ」

突然、背後から聞き覚えのない声をかけられ、兼隆は仰天して振り返った。

すぐ後ろに、修験者のような格好の法師が立っている。一瞬、例の無名法師かと思ったが、賢子から聞いたところによれば、目を奪われるほどの美形というから、違うだろうか。

その場にいたのは、目も鼻も口も大きい容貌魁偉な大男であった。

「おぬしは誰だ」

兼隆は警戒心もあらわに尋ねた。真後ろから声をかけられるまで、相手が近付いたことにすら気づけなかった。堀河殿の門前に気を取られていたのは確かだが、従者を遠ざけていた以上、完全に油断していたわけでもないというのに。

それに、相手は兼隆の正体を知っている。現在の官職が「参議」であることも、関白にまでなった亡き父道兼の嫡子として、確かに今、情けない姿をしていることも。

「それがしは、蘆屋道満（あしやどうまん）と申す陰陽師」

相手は何の隠し立てもせず、堂々と名乗りを上げた。

「蘆屋道満……。陰陽師だと？」

聞いたことのない名であった。

「ご存じないのも無理はありませぬ。それがしは朝廷には属しておりませぬので」

道満と名乗る法師は、悪びれずに言う。

「朝廷の陰陽寮に属さぬ者を陰陽師とは言わぬ」

兼隆は道満に疑わしげな目を向けた。

「それならば、無理にそれがしを陰陽師と思ってくださらずともかまいませぬ」

道満は不敵な笑みを湛（たた）えて言った。

「さりながら、朝廷に属する陰陽師とは、何でございましょうや。陰陽助（おんみょうのすけ）となった安倍吉平やその父親の晴明など、まるで前摂政の配下のようではございませんか。あれで、公の官吏と言えるのでございますか」

陰陽道で知られる安倍家の当主晴明は、すでに故人であったが、確かに道長と癒着していた。道長の意に従って、天文を読み、占いをし、おそらくは人に知られぬところで呪詛もし、呪詛返しもしていたのだろう。だが、祈禱によって天皇の病を治癒したこともあれば、雨乞いをして人々を救ったこともある。

その息子である吉平も、父のやり方に倣い、道長一家に仕えることで陰陽寮の官職を手に入れ、国家に奉仕していた。そのやり方の何が悪いというのか。今の世の中、誰もが道長に媚びを売って生きている。

「摂政とは、帝に代わって政を見るお役目だ。その身を守り、その意に従うは、公の仕事と言うべきであろう」

兼隆は、道満の非難する安倍吉平を庇った。庇わなければ、道長に媚びを売って生き延びてきた自分自身を否定することになる。

道満はにやりと笑った。

「それを言うなら、こちらの左大臣さまとて、摂政にこそおなりではありませんが、廟堂を率いるお立場です。今の摂政である内大臣（頼通）より朝廷では上位にあるお方。しかし、安倍吉平やその配下の陰陽師が、左大臣さまのために働いたという話は聞きませぬなあ」

兼隆殿、あなたも同じだ――と、道満の目が言っていた。あなたとて、廟堂の長である左大臣を助けるために何もしていない。していることと言えば、前摂政のため、左大臣の粗探しをするべく、こんなところで人目を忍ぶ見張り役ではないか。

――亡きお父上が嘆いておられますぞ。

先ほど言われた道満の言葉がよみがえった。今、いちばん言われたくない言葉だった。

そして、そういう兼隆の内心を、目の前の自称陰陽師はよく分かっている。

「して、前摂政殿の『私』の陰陽師になるくらいなら、野に生きると言うおぬしが何ゆえここにいる。前摂政殿への当てつけに、左大臣殿をお助けして、官位でも頂戴しようというつもりか」

精一杯の矜持をかき集めて、ようやく兼隆は言い返した。

「陰陽寮に属さぬ以上、誰に雇われようと、勝手気まま。それがしは我が意に適う依頼であれば、お引き受けいたします。無論、報酬は頂戴しますが」

見返りを平気で口にする相手を「何と卑しいことよ」と兼隆は蔑んだが、一瞬後、それでは道長に媚びを売る連中は、自分も含めて見返りを期待していないのかと考えてしまい、気分が悪くなった。見返りは存分に期待している。ただ、面と向かって道長に要求しないだけだ。それが上流の公家というものだった。

(我々はこの目の前の陰陽師より、卑しい根性をしているのではないか)

そう思うと、気分はいっそう悪くなる。

「粟田参議殿」

不意に、改まった様子で、道満が呼びかけてきた。兼隆は道満と目が合うと、それをそらすことができなくなった。

「あなたさまのご本心はよう分かっておりますぞ」

道満は兼隆の目の奥をのぞき込むような眼差しを向けて言った。

一瞬、兼隆は意識が遠のくような感覚を覚えた。そして、同時に、目の前に懐かしい亡き父道兼の姿を見出していた。

(父上っ!)

思わず声を上げて駆け寄ろうとした時、目の前の父の姿は消え、道満の姿があった。

「お、おぬし、何をした」

兼隆は我知らず、一歩後ずさりながら叫んでいた。

道満はうっすらと笑っていた。

「それがしは何もしておりませぬ。現に、それがしは指一本たりと、参議殿に触れてはいない」

確かにその通りだが、陰陽師は玄妙な技を使うとも聞く。油断はできなかった。

「もしも幻が見えたのであれば、それは、参議殿のお心が今見たいと思うものを見たにすぎませぬ」

「今見たいと思うもの……」

自分は亡き父に会いたいと、それほど強く望んでいたのだろうか。

「あなたは本心では、前摂政にご不満を抱いていたはず」

道満は一歩、兼隆に近付いて告げた。同時に、兼隆はまたしても一歩後ろへ下がっていた。

「私は叔父上に感謝こそすれ、不満など抱いておらぬ。その証に、私はずっと叔父上をお助けしてきた」

「確かに、あなたが参議に昇進した時、廟堂で最も若い公卿でいらっしゃった。人は皆、あなたが前摂政の養子になったがゆえの待遇だと言い合った。しかし、前摂政の息子たちが成人してきたら、どうです。あなたは頼通にも庶子の頼宗にも、まだ年若い教通にさえ、先を越されたではありませんか。今のあなたは中納言にもなれていない」

「分かったようなことを申すな」

兼隆は懸命に言い返したが、声だけは大きいものの、相手を威圧する迫力に欠けていた。案の定、道満は少しも脅えた様子など見せていない。

「それがしはただ、事実を申し上げただけですぞ」

道満がさらにもう一歩踏み出すと、兼隆は二歩下がってしまった。

「いつまで自分の心を騙して生きるおつもりですか」

道満の声、道満の言葉、道満の顔に、亡き父のそれが重なる。いつまで自分の心を騙すつもりか、と亡き父から叱責された錯覚に兼隆は陥った。

「それがしは頼まれさえすれば、どんなことでもお引き受けいたしますぞ」

道満がそう言った時、兼隆はもう動けなくなっていた。

「無論、前摂政の一家は安倍吉平が守っているでしょうが、それがしはあやつの父晴明とも渡り合ったことがある。それがしをお信じください」

道満は不敵な笑みを浮かべて言うと、「一つ忠告して差し上げましょう」と、兼隆に顔を近付けて続けた。

「大切なものを失いかけている相が見えまする。取り返しがつかなくなる前に急いだ方がよろしいですぞ」

「大切なものとは、何のことだ」

兼隆は嚙みつかんばかりに訊き返した。が、道満はにやにやするばかりで、兼隆の問いに答えはしなかった。

「それがしの力をお望みになったら、堀河殿においでなさい。左大臣さまにはよしなに伝えておきますすゆえ」

それだけ言うと、道満は兼隆の脇をすり抜け、堂々と堀河殿の門へ向かって歩き出した。自分が堀河殿に出入りしていることを、道長に言いたければ言えばいい、とでもいうようなふてぶてしい背中であった。

一度も振り返らずに、道満が堀河殿の門をくぐり抜けていくのを、兼隆はただその場で見ていた。道満の姿が消えた途端、かつてない疲労に襲われたが、頭の中には道満から言われた言葉が引っかかっている。

（大切なものを失いかけている、だと？）

思い当たるものは特になかった。しかし、その脳裡をふとよぎって行ったのは、これから逢いに行こうと思う賢子の顔であった。

二

賢子と中将の君が「長家」の婿入りの件を相談しに、鷹司殿（倫子）の邸へ出向いたその日、御所へ帰ってみれば小式部はいなかった。無名法師のことを知る人物に会うと言っていたのだが、他の女房に尋ねてみると、

「小式部殿なら宿下がりしたわよ」

と、言う。

「えっ、宿下がりするなんて聞いていないわ」

賢子と中将の君は驚いたが、「急に思い立ったのでしょ」と相手の女房は告げた。賢子たちが出かけてから太皇太后彰子に願い出て許されたのだという。

「何でも、三日ほどは戻らないそうよ。新しい想い人でもできたのではなくて？」

という言葉に、「まったくもう」と怒りの言葉を吐いたのは中将の君であった。

「無名法師がどうこうっていうのは、ただの口実だったのよ。こういうことにだけは抜け目ないんだから」

中将の君の言葉に、賢子も異論はない。無名法師の話云々がまったくの偽りだったとも思えないが、新しい恋人に逢う方が第一で、そちらが二の次だったことは十分にあり得る。

「まあ、仕方がないわ。婿入りの件は、私たちで頼宗さまにお話ししておきましょう」

賢子が気を取り直して言うと、

「もし頼宗さまが今日こちらにいらしたら、越後弁からお伝えしておいて。私は小若君のお相手で疲れてしまったから、少し休むわ」

と、中将の君は言い出した。

「あんなにおとなしい小若君のお相手で、どうしてそんなに疲れるのよ」

賢子が疑わしげな口ぶりで言うと、

「ご衣裳替えのお世話はものすごく大変なの」

と、中将の君は目を剝いた。確かに、袿を何枚も重ね着する女人の衣裳はかなり重い。もちろん一人で着替えることなどできないから、そば仕えの者に手伝ってもらうのだが、そのお世話役も一人ではままならないほどである。しかし、中将の君は一人で小若君の衣裳を着せ掛けたり脱がせたりをくり返していたそうで、疲れ切ってしまったらしい。

「それでも、小若君がとても喜んでくださるの。ほら、ああいうおとなしいお方だから、ふだんのご衣裳選びでちょっと気に入らないことがあっても、なかなか言い出せないらしいのよ。でも、私が相手の時は何でも言えるから嬉しいって」

中将の君は得意げな口ぶりで言った。小若君の相手をするのが疲れるのは本当なのだろうが、中将の君自身も楽しそうである。

（まったく、あなたのお気楽ぶりも小式部に劣らないわよ）

賢子は心の中で言い返し、口に出しては、

「分かったわ。もし今日のうちに頼宗さまがお越しになったら、私からお話ししておくから」

と、告げた。

中将の君は自分の局へ引き揚げ、賢子もいったん自分の局へ下がって休むことにしたのだが、

「もしも頼宗さまが御所へお見えになったと聞いたら、起こしてちょうだい」

と、そば仕えの雪に伝えておいた。そして、少しだけのつもりで横になったのだが、一人になると、つい先ほど聞いた六の君の言葉がよみがえる。

——東宮さまはあなたをお気に召しておられるようですよ。

それ自体は、事実だろうが、六の君の勝手な思い込みだろうが、どちらでもかまわない。事実だとしても、敦良にとって、ほんのひと時の淡く幼い想いに過ぎないのだから。

(でも、それをあの六の君が信じていらっしゃるということが問題なのだわ)

今は男として振る舞っている六の君だが、いずれは女としての姿に戻り、何のかのと言ってはいても、道長が決めた男を夫とすることになる。

(そのお相手は、おそらく東宮さま)

母を同じくする姉たちは皆、天皇のもとへ入内しているのだ。すぐ上の姉である威子の夫が、やや年の釣り合わない後一条天皇と決まったことで、六の君の相手はもはや東宮しかいなくなった。

(その六の君が事もあろうに、東宮さまの想いを後押ししようとしているなんて)

しかも、その相手が賢子自身とあっては、平然としてもいられない。そんなことを考えていたら、うとうとすることもできず、気疲れが増すばかりである。

それでも、時だけは無駄に過ぎていき、

「起きてくださいませ」

と、雪から声をかけられた時には、すでに外も暗くなっていた。

「権中納言さま（頼宗）がお見えになりました」

「ああ、そう。今は太皇太后さまの御前にいらっしゃるの？」

何となくすっきりしない頭で訊き返すと、

「いいえ、すぐそこまでお見えでございます」

と、雪は言う。

「何ですって」

どうしてもっと早く起こしてくれなかったの――と言いながら、飛び起きた賢子は慌てて髪と衣裳を整えた。

几帳の位置を直し、客人を迎えられる程度に片付け、化粧を十分に直せなかったのを気に病みながら、頼宗を局の中に招き入れる。

「今日はどなたも御前にいらっしゃらなかったのでね。こちらにおいでかと思い、勝手に来てしまいました」

頼宗は局に入ってくるなり、中を見回し、

「今日は、他の方とご一緒ではなかったのですか」

と、意外そうに目を瞠った。

「そんなにいつも、小式部や中将の君と一緒にいるわけではありませんわ」

賢子は苦笑を返した。

「小式部は宿下がりをしてしまいました。中将の君と私は鷹司殿のお邸へ伺ったのですが、中将の君は帰って来るなり、疲れたと言って休んでおります。権中納言さまによろしくとのことでございました」

「そうでしたか。それでは、あなたも疲れているのでしょう。確かに、あの二人の世話は疲れる役目ですからね」

頼宗は賢子の勧めで、用意された円座に座ったものの、申し訳なさそうに言った。

「いえ、お二方とお話ししたことをお伝えしなければなりませんし、わざわざお運びいただいて、こちらこそ助かります」

「あなたは相変わらず、賢く優しい人ですね」

頼宗は微笑みながら賢子を見つめた。

「私が優しい……？」

賢子が訊き返すと、頼宗は上品な声を上げて笑い出す。

「賢い、の方は打ち消さないのですね」

「………」

「いや、気を悪くしたのなら申し訳ない。あなたが賢いのは自明のことですからね。そして、自覚していないようですが、あなたは優しい人ですよ。私がこうして唐突に訪ねてきたことで、迷惑に思っておられるだろうに、それをまったくお顔に出さず、私に気を遣わせまいとしてくれるのだから」

「迷惑だなんて、そんなことありませんわ」

口先だけではなく、本心から賢子は言った。

困惑していないとは言わないが、こうして頼宗が訪ねてきてくれたことも、たまたま二人きりになれたことも、嬉しいと思わずにはいられないのだから。

「今日、六の君と小若君にお会いして、婿入りの件について伺ってまいりました」

賢子は、小若君がとうてい婿入りなどできる様子ではなかったこと、六の君がひとまず身代わりとなって婿入りし、時を稼ぐと言ったことを、頼宗に伝えた。頼宗は溜息を吐きつつも、驚きは見せなかった。

「やはり、そういうことになってしまいましたか」

頼宗も覚悟はしていたようである。

「お相手の姫君がまだ幼くていらっしゃるということですから、しばらくはごまかせないこともないと思います。ですが、それも六の君の裳着まではないでしょうか」

賢子が言うと、頼宗は憂い顔でうなずいた。

裳着とは女子の成人の儀であり、上流の家の娘であれば、それを機に婿を迎えることが多い。ただし、六の君の場合は事情が異なるだろう。

「六の君は、やはり入内なさるのでしょうか」

賢子は頼宗に尋ねてみた。もしかしたら、道長から何か打ち明けられているのではないかと思ったが、確かなことは聞いていないという。しかし、

「六の君がお仕えするのは、東宮さまでほぼ間違いないでしょうね」

と、頼宗も賢子と同じ考えだった。

「お二方は、東宮さまが鷹司殿のお邸でお暮らしの際、親しくしておられたご様子ですね。もっとも、東宮さまは六の君を長家さまと信じておられたようですが」

「そうなのです。互いに年も近いわけだし、親しくするのはよいのですが、正体がばれやしないかとひやひやしたものです」

「ですが、男同士と思って親しくしていた相手が実は姫君で、やがてはご自身の妻になると知ったら、東宮さまはどうお思いになるでしょうか」

賢子が気がかりに思っていたことを口にすると、

「そのことを考えると、頭が痛くなる……」

頼宗はこめかみを手で押さえながら呟いた。

「しかし、何といっても東宮さまは幼く、何も気づいてはおられません。このまま悟られぬうちに、二人がうまく入れ替わって元に戻ってくれさえすれば――」

どこか祈るような口ぶりで頼宗は言う。

「あの、そのことで、実はお伝えしなければならないことがあるのです」

賢子は思い切って切り出した。

「今日、六の君から申し渡されたのでございます。大変おそれ多いことなのですが、東宮さまがこの私に想いを寄せておられるようだ、と。あなたは東宮さまのことをどう思っているのか、と」

「何ですって」

頼宗は強張った顔を賢子の方へ向けた。

「もちろん、六の君の勘違いということもあり得ます。仮におっしゃる通りだとしても、幼い東宮さまが姉を慕うように私のことを思ってくださるということでしょう。六の君にもそう申し上げました。しかし、六の君はまるで私の言葉を受け付けようとなさらず、挙句は東宮さまの想いを叶えるため、ご自分は力を貸すというようなことをおっしゃるのです」

「何ということを……」

頼宗は頭を抱え込んでしまう。

「そんなに深く思い悩まないでください」

賢子は気の毒になって、優しく告げた。

「私に関することは、お悩みになる必要もございません。東宮さまだって、大人になれば忘れておしまいになります。ただ、六の君が東宮さまのことを、将来ご自身の背の君になるかもしれないお方、とはまったく考えておられないご様子なので……」

「ああ、東宮さまも六の君も、それからあなたも！　どうして、こんなにも私を悩ませるのです」

頼宗は苦痛に満ちた声で呟き、うなだれていた顔を上げた。その顔に刻まれた苦悩の翳（かげ）りが、頼宗をふだんよりずっと深みのある男に見せている。賢子は思わず見とれてしまい、目をそらすことができなくなった。

「東宮さまがあなたに想いを寄せる気持ちは分からなくもない」

と、頼宗は賢子を恨めしげな目で見つめながら言った。

「男として育った六の君が、女心を解するのは難しいでしょう。だから、男同士の友情に近いものを抱き、東宮さまの恋に力を貸そうという気持ちも分かる。しかし、いくらそうであっても、あなたに決まった相手がいれば、二人ともどうにもならぬとあきらめたに違いないのに」

「えっ」

頼宗から責めるような口調で言われ、賢子は動揺した。

「あなたと兼隆殿がいつまでもうやむやでいらっしゃるから、こういうことになるのではありませんか」

頼宗の言葉に、はっきりと言い返せるだけの言葉を賢子は持たない。賢子と兼隆の関わりは確かにいつ切れたとしても不思議はないものであった。兼隆の望みを賢子が聞き入れ、御所を退いて兼隆の邸へ移ったならば、二人ははっきりとした夫婦と世間からも認められるのであろうが……。

賢子自身はまだ、宮仕えをやめる決心がつかなかった。

「私が兼隆殿ならば……」

思いがけない言葉が頼宗の口から漏れた。真剣な物言いだった。整ったその顔にはふだんは見せぬ妖しささえ漂っているように見える。賢子が息を呑むと、

「いや、私はそんなことをあなたに言える立場ではないが……」

頼宗は自嘲するように続けて言った。

「私はかつて、あなたに惹かれ、あなたもまた、私を想ってくれた」

確かにその通りであった。だが、それはもう過去のことではないか――と、賢子は言うことができなかった。

頼宗と賢子が出会った時、頼宗はすでに正式な婿入り先が決まっていた。

道長の甥であり、かつて道長と争って敗れた伊周の娘である。

伊周はいったん流刑に処されたものの、その後、帰京して、道長の温情により大臣に準ずる待遇を受けていた。しかし、かつての力はすでになく、亡くなる時には二人の娘

に対し、「落ちぶれたからといって、つまらぬ男の妻になるくらいなら尼になれ」と言い残したそうだ。

頼宗はその姉の伊子を妻にしたのだが、世が世であれば、入内していても不思議はない姫である。家柄からいっても、頼宗の正妻となるのにふさわしい娘であった。

頼宗は当時から光源氏のような色好みとして知られ、賢子とて、頼宗の正妻になりたいと望んだわけではない。とはいえ、正妻を迎えようとしている男と、その時、深い仲になることはできなかった。

頼宗もまた、正妻以外の女人との付き合いは多かったが、賢子とはなぜか掛け違ってしまった。軽い遊びと割り切るにはもう少し深い想いを抱いていたし、といって、正妻にすることは絶対にできない。

「すまない。この話はもうよしましょう」

頼宗は気持ちを切り替えるように言い、賢子もうなずいて小さく息を吐いた。今のように言ってくれなければ、自分の気持ちがどこへ運ばれていくか、賢子自身も分からなかった。だが、頼宗と想いを交わすことが間違っていることだけは分かる。互いに、今、最も大切に思う相手が別にいるということも。

「東宮さまのお気持ちを、あまり軽々しく考えてはいけません」

頼宗は話を元へ戻して言った。先ほどまでの悩ましく、妖しささえ感じさせた気配は、もう漂っていなかった。

「東宮さまがあなたに夜伽を申し付ければ、あなたがお断りすることなどできないのですよ」

兄が妹を諭すようなその物言いに、半ばほっとした心地を覚えつつ、

「夜伽だなんて、私は東宮さまより十歳も上なんですよ」

と、賢子は笑った。

「東宮さまだっていつまでも子供ではありません」

頼宗は大真面目な口ぶりで言った。そして、この件についても進展があれば必ず自分に伝えるようにと言い残して、その日は帰って行った。

三

賢子のもとへ、兼隆が訪ねてきたのは、その翌日の晩のことであった。

「お顔の色があまり優れないようにお見受けいたしますが」

賢子が気がかりな目を向けると、

「堀河殿の見張りで、少々気を張っていたせいかもしれぬ」

兼隆はなぜか賢子から目をそらして答えた。

「まあ、兼隆さまご自身が見張りをしてくださったのですか」

てっきり従者に交代で見張らせているのだろうと思っていた賢子は少し驚いた。

「無論、毎日というわけにはいかぬが、時には私が自分で出向いてもいる」

「そこまでしていただいていたなんて」

「他ならぬあなたの頼みだからな」

そう言って、兼隆はそらしていた目を賢子に戻した。熱を宿していると見えるのに、妙に暗い眼差しであった。どうしてなのかとやや訝りつつ、

「堀河殿に何か変わったことはございましたか」

と、賢子は尋ねた。

「あなたから聞いていた風貌の法師が出入りしている様子はなかったのだが、別の怪しげな者が出入りしているのを見かけた」

「別の怪しげな者とは……？」

賢子は不安を覚えて訊き返した。無名法師が堀河殿に出入りしているという知らせをもたらした小式部は、まだ宿下がりから戻っておらず、くわしい話を聞けていない。

「蘆屋道満という者について聞いたことがあるか？」

「蘆屋道満……？　もしかして、道摩法師のことでしょうか。道摩法師ならば、陰陽師のような術を使う者と聞いたことがございます。安倍晴明殿にも匹敵するくらいの術を用いるのだとか」

「私には蘆屋道満と名乗っていたが、その道摩法師とやらで間違いなかろう。安倍家の陰陽師を敵視するようなことを述べていたからな」

と、兼隆は言い、堀河殿で道満に声をかけられた時のことを語った。

「堀河殿に出入りしていることも、左大臣殿（顕光）から重んじられていることも間違いないだろう。左大臣殿からどんな依頼を受けているのかまでは明かさなかったが、かなり自信満々の口ぶりであった」

自分の内心を道満から見透かされたこと、どんな依頼でも引き受けると言われたことを除き、兼隆はすべてを賢子に話した。

「蘆屋道満とやらの力が本物だとしたら、前摂政さまや高松殿の女御さま（寛子）の御(おん)身(み)が危うくなることもあるのではないでしょうか」

賢子が呟くと、自分も同じように思ったと兼隆はうなずいた。

「だが、そのことはすでに叔父上にもお伝えした。叔父上のおそばには、安倍晴明殿の子息吉平殿がついておるゆえ、大事あるまい。無論、高松殿の女御にも気を配られるだろう」

「それはようございました。前摂政さまも兼隆さまに感謝なさったのではありませんか」

「感謝されたところで、私には何の利もないがな」

ふと呟かれた兼隆の言葉に、賢子は小さく「えっ」と声を上げていた。今の言葉は、道長への不満の表れと聞こえなくもない。だが、賢子の知る限り、兼隆はこれまで道長にひたすら従い、本当の父親に対するような態度を取り続けてきたはずだ。それは、実子でないがゆえに、見捨てられまいとする卑屈さと焦りの表れだったかもしれないが、決してうわべだけのものとは見えなかった。その兼隆が急に道長への不満を口にし始めたのはどうもおかしい。

「兼隆さま、道満とやらに出くわした時、何かございましたか」

賢子は尋ねた。ただ純粋に相手を案ずるがゆえの問いかけであったが、この時、兼隆は思いがけない反応を見せた。

「何かあったとはどういう意味だ。あなたはこの私を疑っているのか」

兼隆は目を剝いて、憤った声を発したのである。賢子に向かって、兼隆がこのような声を上げるのも初めてのことであった。

だが、何かあったのは間違いないと、賢子はそれで確信した。これ以上、問いかけても答えは返ってこないかもしれないが、兼隆は何かを隠している。

どうすればいいのだろうと思いめぐらしていると、兼隆はどんな勘繰りをしたものか、

「私からもあなたに尋ねたいことがある」

と、いきなり言い出した。

「何でございますか」

妙な胸騒ぎを覚えつつ、賢子は訊き返した。兼隆は賢子にじっと目を据えたまま、

「実は、私は昨晩もあなたを訪ねてきた。来客中のようだったがな」

と、低い声で言う。

昨晩の来客といえば、頼宗しかいない。夕方の頃、やって来た頼宗は日が沈んでからもしばらく語らっていたが、夜が更けるまえには帰っている。

だが、どうして兼隆は声をかけてくれなかったのだろう。

「夕方の頃であれば、頼宗さまがお越しでした。私を訪ねてこられたというより、小式部や中将の君も私の局にいると思ってお見えになったのですが、生憎、二人はいなかったので、私と少しお話をしてからお帰りになられました。兼隆さまがその時、お見えになってくださったのなら、ぜひご一緒にお話ししたかったと、頼宗さまもおっしゃったでしょうに……」

「来客が頼宗殿だったことは知っている。あの方があなたの局から出てくるのを見かけたからな」

兼隆は相変わらずの低い声で言った。

その後、兼隆は賢子を訪ねてはこなかった。そのまま帰ってしまったのか、別の女のもとに泊まったのか。それを問うことはできなかった。

「私に尋ねたいことがあるというお話でしたが、まだお聞きしておりません」

賢子は促した。「うむ」とうなずき、兼隆はおもむろに口を開く。

「頼宗殿と何を話していたのだ」

これは、正直に語ることができない。六の君と小若君の一件は内密にと頼宗から言われている。

「別に、これというお話は……。いつもの世間話をしていたにすぎませんわ」

と、賢子は答えるしかなかった。その返事を信じたのかどうか、

「もう一つある。これまで尋ねたことがなかったが、どうしても訊いてみたいと思っていたことだ」

と、兼隆はさらに言い、「問うのは一度きりだ」とわざわざ断った。

「あなたは頼宗殿をお慕いしていたのか」

違うと言えば、嘘を吐いたことになる。そして、兼隆はそれを見破るだろう。それは、二人の仲が完全に壊れることだと、賢子にも分かっていた。

では、そうだと正直に答えれば、どうなるのかは分からない。正直に答えたところで、仲が壊れるのは避けられないかもしれない。だが、完全に壊れるよりはましだった。

「……はい」

と、賢子は兼隆から目をそらさずに答えた。今はそうではないと言葉を添えたかった

が、なぜか口が動かなかった。

「今もそうか」

と、兼隆の方から問いただしてきた。

今は違います、だって私は兼隆さまをお慕いしているのですもの——胸の中では容易に答えることができた。幾千の、幾万の言葉を尽くしても、そう伝えたい。しかし、賢子の口を衝いて出たのはまったく違う言葉であった。

「私がそうでないと申し上げれば、信じてくださるのですか」

兼隆が目を大きく見開いた。失望がその奥をよぎっていくのを賢子は見ていた。

「初めから信じてくださるお気持ちを持たないお方に、何を申し上げても無駄でございます」

我ながら小憎らしい言い分だと思いながら、賢子の口は勝手に動き続けていた。

疑いで凝り固まっている今の兼隆に、何を言っても無駄だというのは事実である。しかし、かわいげのある女ならば、どうして私の言うことを信じてくれないのと、泣いて男にすがりついていくのだろう。

兼隆のようにまっすぐで純朴な男は、何のかのと女心を疑うことはあっても、泣きつかれれば許してしまう。そんな男の弱みまで分かっているというのに、どうして、自分にはそれができないのだろう。

ややあってから、

「私は私なりに、誠実にあなたに尽くしてきたつもりだ」

と、兼隆は虚ろな声で告げた。ひどく寂しい声に聞こえた。

「兼隆さま……」

涙を含んだ声で呼びかけた後、賢子は先の言葉を続けることができなかった。兼隆はしばらく何かを待つかのように無言であったが、やがて立ち上がる素振りを見せた。

「あの……」

「今宵はこのまま帰る」

兼隆は静かな声で告げた。

「また……来てくださいますよね」

賢子は兼隆を見上げ、ようやくそれだけ尋ねた。兼隆を失うかどうかの瀬戸際に立っているということが、心の底から実感された。指先がすうっと凍りつき、その冷気に全身が徐々に侵されていく心地がする。

「少し考えさせてほしい」

とだけ、兼隆は言った。

考えられ得る最悪の答えではない。だが、そこまでの距離はわずかしかないと分かる返事でもあった。

兼隆は賢子から目をそらすと、

「あなたのお心が分からなくなってしまった……」

と、戸口を見つめて呟いた。

「兼隆さま……」

何を言えばいいのだろう。何を言うことが正解なのだろう。

（誰か教えて。お母さま）

こんなふうに、自分を本気で想ってくれる人を失いかけた経験はない。そして、この時、賢子は我知らず、母に呼びかけていた。


有馬山(ありまやま)ゐなの笹原(ささはら)風吹けば　いでそよ人を忘れやはする

口はまたしても勝手に言葉を紡ぎ出していた。優雅に歌など詠んでいる時ではないという思いも心の底にはあった。だが、形式を持たない言葉は、どれほど積み重ねたところで、今の悲痛な思いも全身が凍りつきそうな恐怖も伝えてはくれない。

——有馬山の猪名野(いなの)の笹原に風が吹くと、そよと葉がそよぎます。私が言いたいのはね、あなた。その風のようにあなたが私に音信をくださる限り、私があなたを忘れることは決してないということだけ。

兼隆は黙って賢子の歌を聞いていた。が、返歌はせず、会話での返事もせず、無言で局を出ていってしまった。

（私はあなたの弱みに付け込みたくなかっただけ。あなたがあまりにまっすぐで、あまりに優しい人だから……）

自分が泣いて兼隆に取りすがれなかった理由に思い至った時、賢子は初めてその場に泣き崩れた。

七章　宇治往来

一

　その後、宿下がりしていた小式部は御所に戻ってきたが、

「無名法師のことは分かったの？」

　という賢子の問いかけに対しては、悪びれもせず首を横に振った。

「それが、勘違いだったのよ。堀河殿に出入りしている怪しい法師がいるにはいたのだけれど、それは無名法師じゃなかったの」

「もしかして、道摩法師、蘆屋道満という陰陽師のことかしら」

　賢子が尋ねると、小式部は目を瞠り、「どうして知っているの」と訊き返した。

「その人のことなら、私も兼隆さまからお聞きしたの。兼隆さまはもう前摂政さま（道長）にお伝えしたのだそうよ」

「あらあ、それじゃあ、せっかく私が数日かけて仕入れてきた話、いつの間にか六日の

菖蒲になってたのねえ」

大袈裟（おおげさ）に溜息を吐いてみせているが、その実、少しも悔しそうではない。

「あなたはどうせ、この数日、新しい男と一緒にいたんでしょ」

中将の君が憎らしげな口調で言っても、ふふっと笑うだけで、まったくこたえている様子は見せず、仕舞いには賢子も中将の君もあきれて口を閉ざした。

そうこうするうち、三月に予定されていた威子の入内は無事に終わり、その後、長家に扮（ふん）した六の君の婿入りも滞りなく果たされた。

それでも、本人の口から聞くまでは安心できず、少し経ってから賢子は中将の君と共に鷹司殿（倫子）の邸へ出向いたが、

「何の問題もありません」

六の君は堂々と答えた。

「あちらの姫君は、小若君のようにおとなしい方なのです。本当は私と同い年らしいのですが、私の方が背も高く一回り大きいので、あちらでは姫君もそのご両親も、私を男とまったく疑っておりませんよ」

「ですが、夜の床はご一緒なのでしょう。いくら契りを結ぶことがないといっても、悟られるようなことはありませんか」

賢子が念のために尋ねると、「そんなへまはしませんよ」と六の君からは平然と言わ

れてしまった。

「それでは、くれぐれもご用心のほどを」

と、言い置き、賢子らは帰って来たのだが、

「まずは、これで一件落着ね」

と、帰りの牛車の中で、中将の君はすっかり安心しきっている。

「何にも落着なんてしていないわよ。このまま手をこまぬいていたら、すぐに六の君が裳着をする時が訪れて、今度こそ本当にごまかしきれなくなるんだわ」

賢子が不安を滲(にじ)ませて言うと、「越後弁、あなた、心配しすぎよ」と中将の君からたしなめられた。

「どんな厄介ごとだって、最後はなるようになるものよ。いろいろ手を尽くしたって、うまくいかないことが世の中にはたくさんあるわ。あまり思い詰めると、眉間の皺が消えなくなるわよ」

「まったく、あなたも気楽な人ね」

賢子はつけつけと言い返した。

「小式部ほどじゃないと思っていたけれど、あなただって似たようなもんだわ。もしあのお二方が元に戻らなかったらって考えたりしないの？　頼宗さまは前摂政さまの信頼を失い、ご一家は世間の物笑いの種にされる。主上だって東宮さまだって、私たちの太

皇太后さまだって笑われるのよ。そんなの、耐えられないと思わないの？」

「どうして、そう決めつけるの」

むしろ不思議そうに、中将の君は賢子を見つめた。

「世の中に、男のように振る舞う女の子がいたり、女装を好む男の子がいるのは、別におかしなことじゃないでしょ。数が少ないというだけのことよ。前摂政さまのお子はぜんぶで十二人もいらっしゃるのだから、中に二人くらいそういうお子がいたって、どうってことないじゃない」

「あなたがどうってことなくても、世間はそうは見ないわよ。ご一家はいつでも注目の的なんだから」

「でも、その時はその時でしょ。六の君は賢くていらっしゃる。別にお姉さまたちのようにお后さまにならなくたって、ちゃんと生きていかれると思うわ」

「じゃあ、小若君はどうなるの。あの方は男なのに、まともに外へ出ることさえできないじゃないの」

「小若君だって同じよ。兄上たちのように出仕して出世することだけがあの方の生きる道ではないわ。私、あの方にはそんな生き方はふさわしくないと思うのよね。もしあの方がどこかに隠遁(いんとん)して静かに暮らしたいとおっしゃるなら、私、身の回りのお世話をして差し上げたいって、近頃は思うのよ」

まったくの口先ばかりとも思えぬ口調で、中将の君は言う。

自分の好きなことしか考えていないような中将の君だが、時に本質に迫ることを口にする。そのことを賢子は知っていたし、今の言葉がそれに当たることも分かった。

(だったら、私はこれまで何を一人でやきもきし、懸命になっていたというの)

頼宗の役に立ちたいと思い、主人である彰子の憂いを晴らしたいと思った。道長一家の名誉を守ることが、彰子に仕える自分たちの役目だと信じてきた。

(でも、その結果、私は兼隆さまを……)

兼隆の心が離れたのは、それだけが原因ではないし、この仕事のせいにするのは間違っている。それは分かっていたが、そう思わないではやり切れない気分が心の中に住み着いていた。

その後、牛車が御所に到着するまで、賢子は口をつぐんでしまった。そんな賢子の顔を、中将の君が様子をうかがうような目でじっと見つめていた。

また来てくださいますかという賢子の問いに、分からないと答えた兼隆はその後、一度も姿を見せていない。そして、暦が四月を迎え、辺りが初夏の緑に染まり始めた頃、賢子は季節と裏腹に、すっかりふさぎ込んでいた。

「ちょっと、こんな季節に何を閉じこもっているの」

賢子の局に、小式部と中将の君が現れたのは、そんなある日のことであった。

「嫌ね。浮かない顔しちゃって」

中将の君が眉をひそめて言う。賢子はいつものように言い返そうとしたのだが、すぐにその気が失せてしまった。そんな気力も湧いてこない。勝手に言っていればいいわと思いながら、二人から目をそらすと、

「出かけるわよ」

と、小式部から袖をつかまれた。

「出かけるって、どこへ」

引っ張られるまま立ち上がった賢子は尋ねたが、小式部は「来れば分かるわ」としか言わない。

「でも、太皇太后さまにお許しをいただかないと」

「もういただいたから大丈夫よ。越後弁も一緒に行くってお伝えしておいたから」

と、手回しよく中将の君が言う。目を丸くしているそば仕えの雪に、しっかり留守番をしていてちょうだいと言い置き、賢子は二人に車宿りまで連れて行かれた。そこにはすでに乗り込めるよう、牛車が停(と)まっている。

「あの、これは誰の牛車なの。太皇太后さまがご用意を？」

御所の仕事で出かける時は、牛車の用意もしてもらえるが、私用であれば自分で牛車

を用意しなければならない。

「太皇太后さまじゃないわ。私が用意させたの」

小式部がふふんと得意げに鼻を鳴らして言った。

「用意させた……?」

「新しい恋人に用意させたんですって」

中将の君が忌々しげな口ぶりで言う。

「新しい……人ね。そりゃあ、いるんだろうなとは思っていたけれど」

賢子もあきれ顔を小式部に向けた。

「とにかく乗ってちょうだい。あの方が牛車をご用意してくださったお蔭で、私たちは出かけられるのだから感謝しなさい」

小式部は賢子と中将の君を急(せ)かしながら言う。

「感謝するにしても、どこのどなたか分からないのでは感謝のしようがないわ」

「それは、道中、教えてあげる」

と言う小式部が男に用意させた牛車に乗り、三人は太皇太后御所を出立した。

窓を閉め、簾(すだれ)を下ろしていても、外の陽(ひ)の眩しさは車の中まで伝わってくる。外はこんなにも明るかったのだなと、今さらのように気づいて、賢子は少し驚かされていた。

「ところで、この牛車は誰のもので、どこへ向かっているの。もう教えてくれてもいいでしょう」

牛車が御所を出て少ししてから、賢子は小式部に目を向けて尋ねた。

「この牛車は、閑院右少将公成さまのものよ」

小式部は牛車の持ち主——つまり、自身の新しい恋人の名をすぐに明かした。

「閑院右少将……」

賢子は六の君と小若君に会うため、三人で鷹司殿の邸を訪ねた最初の日、小若君に会いに来ていた公達の顔を思い出した。

(あの時の白兎)

色が白く、兎のような愛嬌のある顔立ちの男だった。いかにも良家の子息といった様子に見えたが、いつの間にやら、小式部と深い仲になっていたらしい。

「閑院右少将さまって、お祖父さまの閑院右大臣さま(公季)のご養子になられているのよね」

中将の君がさっそく公成について語り出した。そのことならば、賢子も聞いている。

「お祖父さまからたいそう大事にされているそうね。ご養子になられたのも、実のお父上より祖父君の養子になった方が、出世が早いからだと聞いたわ」

「そうそう。その右大臣さまがお孫さまのことが気がかりで、ご出仕の際にはそのお帰りを牛車の外に立って待ち構えているらしいわ」

中将の君の噂話に、賢子はさすがに「えっ」と声を上げた。

「右少将さまっておいくつなの。私たちと変わらないようにお見受けしたけれど」

「ちょうど私たちと同い年のはずよ」

公成の噂話には加わってこなかった小式部が答えた。

「それじゃあ、二十歳にもなろうっていう公達がお祖父さまから、小さな若君みたいに扱われているってわけ？」

賢子と中将の君は顔を見合わせて笑った。が、小式部は平然としている。

「いいじゃないの。そうやって、大事にされてきたからこそ、今のお人好しでお優しい公成さまが出来上がったのだわ。私、そういう男の人って、何かこう、心をぎゅっとつかまれてしまうのよね」

小式部がうっとりとした表情で言う。

「要するに、高貴で恵まれた柔な殿方が好きってことよね。小式部の好みはよく分かったわ。頼宗さまだって、教通さまだって、そうだもの」

中将の君がつけつけと言った。その言葉をぼんやりと聞きながら、

（兼隆さまは違う……）

賢子はひそかに恋人の顔を思い返していた。兼隆は生まれた身分こそ高貴だが、見た目も中身も柔ではない。それに、恵まれていた――とは決して言えず、むしろ不遇であ

りながら、その嘆きを表に出さず耐えてきた男だ。

（私は、そんな兼隆さまのことを――）

つい心が沈み込みそうになった賢子に、

「ああ、もう。御所の外まで来て、そんな顔してどうするのよ」

と、小式部が叱るような調子で言った。

「ほら、外はこんなに明るい陽射しに満ちているのよ」

小式部は窓を開けた。すると、初夏の眩しく柔らかい陽射しが入り込み、車の中は急に明るくなった。

「青葉が美しいわ。柳の風に揺れるありさまが見事よ」

窓の外をのぞきながら、中将の君がことさらはしゃいだ声を上げる。二人があえてそう振る舞ってくれていることは、もう分かっていた。

「本当だわ」

賢子も窓の外の景色に目を向けて呟いた。柳の若葉が風に揺れ、陽射しを浴びてきらきらと輝いている。

「今日はもう、御所のことは忘れるのよ。六の君のことも小若君のことも取りあえず脇へ置くこと。いいわね」

小式部から強い口ぶりで言われ、「いつもと反対ね」と中将の君に笑われながら、賢子は「はい」と素直に言わされていた。

「ところで、この牛車がどこへ向かっているか、まだ聞いていないのだけれど」

思い出して賢子が尋ねると、小式部はあっさり「宇治よ」と答えた。

「えっ、宇治？　そんな遠くへ」

賢子はうろたえた。遠いからというより、そこには母の紫式部が暮らしているからだ。

「太皇太后さまがね、たまには紫式部さまにお顔を見せていらっしゃいって」

「あなたに口で勧めたって、あれが気がかりだ、これが気がかりだと言って、なかなか動かないでしょ。だから、私たちが連れて行ってあげることにしたの」

感謝してよね――と言い合い、小式部と中将の君はにっこりと笑った。

二

宇治の緑は洛中で見るよりずっと色濃く、そして深い。葉の茂り具合も、牛車の車輪が踏みしだいた草の香りも、どこか荒々しさを感じさせ、人を拒むようなふぜいがあった。賢子は宇治へ足を運ぶ度に、心が解放されたような安らぎと同時に、そこはかとない寂しさを覚える。

母の紫式部はこの地に庵を構え、数人のそば仕えの者たちと暮らしていた。もちろん、今日の訪問は突然のことであり、賢子はともかく、小式部や中将の君と顔を合わせるのは、母が御所を退いて以来のことである。

「紫式部さま、ご機嫌よう。たいそうご無沙汰しております」

日頃、賢子の前では決して見せないような上品な物腰で、小式部が挨拶した。

「中将でございます。再びお姿を見ることが叶い、大変嬉しゅう存じます」

中将の君もまた、取り澄ました表情で挨拶する。

（あきれたわ）

賢子は心の中で独りごちた。

（お母さまは『源氏物語』を書いた人なのよ。猫をかぶったって、本性を見破られるってことが分からないのかしら）

しかし、紫式部は娘の同僚たちの姿に目を細めた。

「まあ、二人ともすっかり大人びて立派になられたこと。お母上たちもさぞお喜びでしょうね」

「いえ、そんな」

「越後弁には及びませんわ」

小式部と中将の君は愛想よく、調子のいいことを言っている。

「狭い所ですが、中へ入って休んでくださいな。喉も渇いたことでしょう」

紫式部の勧めで、三人は庵の中へ入り、冷たい水と葛（くず）で作った餅を振る舞われた。

「これは、太皇太后さまから紫式部さまへと預かってまいりました」

いつの間にそんなものを牛車の中に積んでいたのか、小式部がしずしずと取り出した包みの中には、上質の紙と墨が入っていた。

「まあ、もったいないお志を。さっそくお礼状をしたためねばなりませんわね」

「あの『源氏物語』の続きを、太皇太后さまは待ちわびておいでなのですわ。ここ宇治でくり広げられる恋物語と伺っておりますけれど」

探りを入れるような小式部の言葉に、紫式部はほのかに微笑んだだけで、話の筋は明かさなかった。

「こちらへ来てからは、かつて望んでいたような静かな暮らしを送っておりますけれど、仏道の修行もあり、書き物だけに打ち込むというわけにもまいりません。ですが、太皇太后さまが待っていてくださるとお聞きすれば、太皇太后さまお一人のためだけにでも、続きを書き上げなければなりませんわね」

「太皇太后さまだけではありませんわ。この世で『源氏物語』を読んだ者は誰しも続きを待ち望んでおります。源氏の君のお子や孫たちがどうなるのか、私も気になってなりません」

中将の君が声に力をこめて訴える。

その後、小式部と中将の君は代わる代わる都の人々の消息を語った。敦明親王が東宮を降りて小一条院となったことや、敦良親王の立太子、彰子の妹の威子が後一条天皇に入内したことなど、最近の出来事を織り交ぜながら、一通り語り尽くすと、

「それじゃあ、あまり遅くならないうちに、私たちはそろそろ」

と、小式部が言い出した。

賢子は友の手前、あまり母と話すことができなかったので、何となく物足りない気分である。しかし、久しぶりに母の健やかな様子を見て安心したし、ここ最近の浮かぬ気分も和らいだように感じた。

紫式部が太皇太后彰子へのお礼状を用意するというので、その間、三人は待つことになったのだが、

「越後弁は帰る支度、しなくていいわよ」

と、小式部が急に言い出した。

「どういうこと？」

「あなただけは三日間、宿下がりのお許しをいただいてあるから」

「たまには母娘水入らずでゆっくりしていらっしゃいという、太皇太后さまのありがたい思し召し（おぼしめ）よ」

中将の君の言葉によれば、その計らいをしたのは彰子ということらしい。

「でも、あなたたちが帰ってしまったら、私はどうやって御所へ戻ればいいの」

「二日後にちゃんと迎えの車を送るから心配しなくていいわ」

小式部が余裕の笑みを浮かべて言った。

「また、閑院右少将さまにお車をお借りするの？」

小式部はいいかもしれないが、賢子は特に縁のない公成に牛車を借りるのは心苦しかった。

「そういうことは気にしなくていいの」

小式部は勝手に話を打ち切ると、礼状を手に戻ってきた紫式部に、賢子を二日間ここに泊めてほしいと伝えた。

「あら、まあ。太皇太后さまがそのようなことを？」

と、紫式部も驚いていたが、賢子が泊まっていくという話には嬉しそうである。

（考えてみれば、お母さまが宇治へいらっしゃってから、私がここへ泊まったのはあの時の一晩だけだわ）

兼隆の想いを受け容れるかどうか迷っていたあの日のことだ。あの日、宇治まで付き添ってくれた兼隆は、賢子という宝物を頂戴したいと、母に申し出たのであった。

「それじゃあ、二日後に私たちは来られないと思うけれど、迎えの車はちゃんと手配するから」

小式部はそう言い置いて、中将の君と共に帰って行った。

牛車が野の道を牽かれていくのを見送った後で、

「何かあったのね」

と、母は何もかもを見通すような目を賢子に据えて言った。

「……取り立てて言うほどのことではないけれど」

動揺を隠し切れない賢子に、母は「別にいいのよ」と優しく告げた。

「話したくなければ話さないでかまわないわ。隠しごとの一つや二つ、無い方がむしろ心配ですからね」

母娘であっても、過剰な踏み込み方はしない。そういう割り切り方を母らしいとも思い、賢い母を誇らしくも思う。同時にほんの少しだけ、寂しさを覚えたのは、御所へ出かける母を見送った少女の頃を思い出してしまったからだろうか。

（私はもう、あの頃のような子供ではないわ）

賢子は心の中で自分にそう言い聞かせた。


それからの日々、賢子は母に兼隆のことも、無名法師や蘆屋道満のことも話さなかったが、母と一緒に写経をしたり、庵の近くを出歩いたり、宇治川の流れを見に行ったり、心休まる穏やかな時を過ごした。

そして、小式部が迎えの車を送ると言っていた三日目の昼過ぎのこと。牛車の車輪の音と馬蹄（ばてい）の音が近付いて来るのを聞き、賢子はほっと安心した。

（閑院右少将さまには申し訳ないことをしたわ）

いくら小式部に心を奪われているのだとしても、その友人のために、牛車を貸せと迫られ、さぞ迷惑だったろう。

（後ほど、改めてお礼を申し上げなくては――）

と思いながら、庵の外へ出た賢子は、馬上に思いがけない人の姿を見出し、その場に凍りついていた。

「兼隆さま……？」

牛車の横で馬に乗っているのは、他でもない兼隆であった。そして、賢子の姿を見出すなり「越後弁」と叫んだ兼隆は、すぐさま下馬して轡（くつわ）を従者に預けると、そこから駆け出してきた。

「越後弁、あなたが母君のところへ行ってしまったと聞いて……」

賢子の目の前まで駆けて来ると、兼隆は息を弾ませながら言った。

「行ってしまった……？」

「あなたが憔悴（しょうすい）し、長の休みを太皇太后さまに願い出たと聞いた。もしかしたら、あなたはこのまま宇治に暮らし、二度と御所に戻らぬつもりかもしれない、とも」

兼隆の口ぶりも眼差しも真剣そのものだった。

「私が二度と御所へ戻らないだなんて、いったい誰がそんなことを？」

「小式部殿と中将の君だが……」

兼隆が困惑気味に答える。

（あの人たち――）

今回、宇治へ連れ出してくれたのは、沈んでいた自分を励まそうという二人の思いやりなのだろうと、賢子は考えていた。そこには、多少なりとも、太皇太后彰子も絡んでいるのだろう。その優しさは身に沁みて感じられたし、ありがたいとも思った。

しかし、小式部と中将の君の計画はそれで終わりではなかったのだ。兼隆を騙して、宇治まで賢子を迎えに行かせること――それが今回の計画の最後の仕上げ。

（この私が、あの二人にしてやられるなんて）

口惜しいという気持ちが湧くが、わけが分からないという表情の兼隆のことは哀れにも愛しくも思う。

（こんなに真剣に心配してくださって……）

額からこめかみにすうっと落ちる汗を見つめながら、賢子は胸が熱くなった。

「私がお休みをいただいたのは確かですけれど、今日のうちには御所へ戻るつもりでございました。小式部が迎えの車を遣わしてくれることになっていたのですけれど」

「何だと……」

兼隆は唸るような声で呟いた。

「たぶん、小式部は私の話を聞かせれば、兼隆さまがお出かけになると勝手に考えて、そんなふうに言ったのだと思いますわ。あの人たちは考え無しのところがありますから、兼隆さまがその話を無視するということもあり得ますのに、そのことは失念していたんでしょう」

「いや、あなたが私に知らせず御所を出たと聞かされて、私が聞き捨てにすることなどあり得ない」

「でも、兼隆さまはもう私のところへは来ないかもしれないって……」

そう口にするだけで涙がこぼれ落ちそうになる。

兼隆は落ち着いた声で言い、首を横に振った。

「いいや」

「あの時は私もどうかしていた。というより、あの怪しげな法師によって惑わされていたのだ」

兼隆は急に思いがけないことを言い出した。

「怪しげな法師とは、蘆屋道満のことでございますか。それとも、無名法師のこと？」

賢子が尋ねると、「そのことは後ほどくわしく話すつもりだ」と兼隆は答えた。続けて、

「その前に訊いておきたいのだが、あなたは太皇太后御所へ戻るつもりなのだな」

と、気がかりでならぬというふうに問う。

「もちろんでございます。もとより長の休暇などいただいておりませんし」

「それならいいのだ。いや、御所を退いてほしいと願っていた私が、こんな心配をするのもよく考えればおかしいのだが、あなたが御所を退くかもしれないと聞いた時、どうにも不安になってしまってな」

近頃のあなたがたいそう沈んでいたと聞いたものだから——と、兼隆はきまり悪そうな様子で言う。

「私が沈んでいたのは、その通りでございますけれど」

賢子も気恥ずかしさを覚えつつ正直に告げた。

「小式部殿たちからは、私のせいだとさんざんにやり込められた」

「えっ、あの人たちがそんなことを？　たいそうご不快になられたでしょう」

賢子は慌てて言った。

「でも、私、兼隆さまとのことを、あの人たちに話してはおりません」

「うむ。お二人とも、くわしいことは知らないと言っておられたし、実際、そのようだったが、私の考えていることは大体想像がつくのだそうだ」

兼隆はそう言って苦笑を浮かべ、小式部たちとのやり取りを続けて語った。

「こんなふうに叱られたよ。『紫草の一本を恋うるのなら、武蔵野の草をすべて愛しく思わないでどうするのだ』とね」

それは、有名な古歌を引き合いに出した言葉で、歌を得意とする小式部らしい言い種であった。

紫の一本ゆゑに武蔵野の　草はみながらあはれとぞ見る

紫草の一本を愛しく思うゆえに、その紫草が生えている武蔵野の草はすべて愛しく見える――つまり、恋しい人本人ばかりでなく、その係累までもすべて大事に思えるという意味の歌だ。

この歌から、「紫のゆかり」「草のゆかり」という言葉が生まれ、『源氏物語』の中でも、光源氏が藤壺の宮へ恋心を抱き、後にその姪である紫の上に想いをかける一連の物語を「紫のゆかり」と呼ぶ。

要するに、小式部たちは「賢子を愛しいと思うのなら、賢子の過去も賢子の望みもすべて受け容れるべきだ」と兼隆に迫ったのだろう。賢子が過去に恋した男のことも、宮仕えを続けたいという賢子の願いもすべて受け容れよ、と――。

しかし、それはさすがに偏りが激しすぎる。兼隆にばかり無理を強いるのであれば、二人の仲は長く続かなくなってしまうだろう。

「私、兼隆さまにそこまでのことを申し上げるつもりは……」

賢子が言うと、兼隆は再び優しい苦笑を浮かべながら、

「私も、すぐにそこまでの決断をすることはできない」

と、正直に答えた。

「だが、私の望みだけをあなたに押し付け、あなたの望みに耳を傾けようとしなかったのは悪かった。頼宗殿のこともそうだ。あなたの言葉を私は信じようとしていなかった」

兼隆の物言いは真摯でまっすぐだった。そんな相手をまともに見ていることができず、賢子はいつしかうつむいていた。

「ゆえに、今はただ、前にあなたが詠んでくれた歌に返しをすることで、私の返事とさせてもらいたい。頼宗殿のように優れた歌は詠めないが、無粋者なりに精一杯作った」

兼隆が言うのは、賢子の詠んだ「有馬山ゐなの笹原風吹けばいでそよ人を忘れやはする」の歌のことだ。「そよと風が吹くように、あなたが音信をくれるのなら、私はあなたのことを決して忘れない」と言った賢子に、あの日、兼隆は何も言わずに立ち去ったのだった。

「聞いてくれるか」

どこか恐るおそるといった調子でささやかれた男の言葉に、賢子は顔を上げてうなずき返した。

兼隆は呼吸を整えた後、おもむろに一首の歌を口ずさむ。

あかねさす紫のただ一本を　靡(なび)かせばやと野の風は吹く

ただ紫草の一本を靡かせたい――それだけを願って野の風は吹きつけるものだ。

「野の風」は兼隆自身、先に賢子の詠んだ「ゐなの笹原風吹けば」を踏まえている。そして、「紫のただ一本」は賢子自身だ。紫のゆかりも何もない。ただ、自分はその一本の草を靡かせるためだけに、必死に吹きつけるだけだと言っている。

兼隆らしいといえば兼隆らしい、無骨で一本気な歌であった。

「嬉しゅうございます、兼隆さま。まだ私のことをそんなふうに言ってくださって」

賢子は声を震わせて言った。

「私の気持ちは、『有馬山』の歌を詠んだ時のまま、少しも変わってはおりません」

続けて、心をこめて想いを伝える。

「そうか。私も嬉しい。いや」

本当はあの歌を聞いた時から嬉しかった――と、兼隆はさわやかな笑顔を見せた。

三

その後、賢子の勧めに従い、兼隆は庵の中へ入り、紫式部とも顔を合わせた。その間、牛飼い童や従者たちには牛や馬の世話をしながら休息を取ってもらう。

「粟田参議さまがお迎えに来てくださって、安堵いたしましたわ」

母は兼隆の顔を見るなり、それだけ言った。これまでも賢子には何も問わず、今も二人の仲について問いただすわけではなかったが、やはりいつもと違い、賢子が兼隆以外の者と宇治へやって来たことを気にかけてくれていたのだ。それが分かっただけで、賢子は胸が温かくなった。

「ところで、式部殿は道摩法師、もしくは蘆屋道満という法師についてご存じですか」

一通りの挨拶が済んだ後、兼隆は紫式部に尋ねた。少し唐突な尋ね方だったが、紫式部はさして驚かず、

「話に聞いたことはありますが、実在の人物かどうかすら、疑わしいと思っていましたが」

と、応じた。

「私は最近まで名も知りませんでしたが、そう名乗る人物に会ったのです。奴は私の素性や立場をよく分かっていて、不満があるだろう、どんな望みでも聞いてやる、という

ようなことを申してまいりました」

　その話は知らなかったので、賢子は静かに息を呑んだ。

「それは、穏やかならざるお話ですこと。その者は粟田参議さまのお邸を訪ねてきたのですか」

　紫式部が兼隆に問い、兼隆は「いいえ」と答えた。

「堀河殿の門前近くで会いました。そこに至るまでには、さまざまな事情があるのですが……」

　と、兼隆は賢子と顔を見合わせた。それから二人で、彰子の御所へ無名という美僧が訪ねてきたこと、その法師が堀河殿へ出入りしているらしいと聞き、賢子が兼隆に調べてほしいと頼んだこと、そこで兼隆が蘆屋道満に会ったことを、順に語った。

「無名法師……？」

　紫式部が小さな声で呟いたので、

「もしやご存じですか」

　と、兼隆が色めき立った。賢子も思わず身を乗り出すようにしたが、

「いいえ、さような法師殿のことは存じません」

　と、母は小声で答えただけだった。

「ただ、『無名』といえば、かつて太皇太后さまが亡き一条の帝から譲られた琵琶(びわ)があ

ったと、そちらを思い出しましたので」

「ああ、その話は聞いたことがあります。ただ、火事で失われたと聞きましたが」

「仰せの通りです。その琵琶は亡き帝がたいそう気に入っておられ、中関白家の皇后さま（定子）のもとへ足を運ばれた時にも、お持ちになったことが『枕草子』にも書かれています」

「それはつまり、無名という琵琶は一条の帝や亡き皇后さま、そして、太皇太后さまと深いご縁のある品ということなのですね」

賢子は母にそのことを確かめ、もしや無名法師とは一条天皇の御世に深い思い入れのある人物なのだろうかと考えついた。だからといって、その正体が分かるわけではないし、母の口からもその正体について実名が上がるわけではなかったが……。

「余計なことを申し上げました。粟田参議さまのお話をまずはお聞かせください。その堀河殿で会ったという蘆屋道満とやらはどうなったのでございますか」

紫式部が話を元へ戻し、兼隆に尋ねた。

「正直に申し上げれば、道満の言葉に私は動揺したのです。奴は今の私が叔父上にへつらっている態度を情けないと言い、亡き父上が泣いておられるなどと申しましたので」

「何という卑劣な法師なんでしょう」

賢子は黙っていられず、思わず怒りの声を上げたが、母から咎めるような目を向けられ、慌てて口をつぐんだ。

「奴は、自分に頼みたいことがあるなら、堀河殿へ訪ねてこいと申しました。無論、私はその言葉には応じず、その時はそれで終わったのです。しかし、私は越後弁殿に道満と会ったことは伝えたものの、私が動じたことだけは話せませんでした」

「道満が堀河殿へ訪ねてこいと言ったのは、今、堀河殿に身を寄せているということなのでしょうか」

　紫式部が淡々とした声で尋ねる。

「身を寄せているかどうかまでは分かりませんが、頻繁に出入りしていることは確かでしょう。これは噂に過ぎませんが、左大臣が婿の小一条院を奪われたことで、叔父上と高松殿の女御（寛子）を恨んでいるということですから、その心を慰めるのに何らかの役割を果たしているのかもしれません」

　小一条院をめぐる左大臣顕光の娘延子と、道長の娘寛子のことについては、賢子たちが伝えていたから、母も分かっている。紫式部がうなずくのを待ち、兼隆は「これから先のことはお話しするのも恥ずべきことなのですが」と断った後、

「実は私は数日前、堀河殿へ参りました」

　と、目を伏せたまま、一気に告げた。紫式部も賢子も身じろぎせず、ただじっと耳を傾けるばかりである。

「どうしてそんなことをしたのか。これまでさんざん世話になった叔父上を裏切ろうというのか。私自身、自分に言いたいことやぶつけたい問いは山ほどもあります。私とて、道満の言葉がただ私を惑わせるだけのものだと、分かっていなかったわけではないのですが……」

「あなたさまが私どもに対し、さような言い訳をなさる必要はございません」

紫式部は穏やかな声で告げた。

「あなたさまはただ、亡きお父上の前で恥ずかしくないお姿であれば、それでよろしいのです。お胸の内にあるご無念のほどは、ただ想像するしかない私どもにも痛ましく感じられますので」

本来ならば、亡き父の跡を継いで、藤原氏の長者となり、摂政にも関白にもなっていたかもしれない兼隆の無念について、紫式部は理解を示した。その言葉に、兼隆が少しばかり表情を和らげたことに気づき、賢子はこれまでの自分が兼隆の苦悩をまったく分かっていなかったと思い知った。

道長に感謝し、道長を父のように思うと言い、道長のために尽くす心の裏側で、兼隆がどれほどの無念を呑み込んできたのか。兼隆のことをきちんと見ていたならば、とうの昔に気づいていておかしくはなかっただろうに。

「幸い、私は堀河殿の門をくぐることは致しませんでした。私を止めてくれた人がいたからです」

兼隆は顔を上げ、紫式部に目を据えて告げた。

「その人もまた、堀河殿の門前にいたということですか」

紫式部の問いかけに、兼隆は「さようです」とうなずいた。

「その人はただ『ここはあなたさまの来るところではありません。お帰りなさい』と静かに私を諭しただけで、お名前も教えてはくれなかった。どこかで会ったことがあるお方のようにも思うのだが……。いや、それはともかく、あの方こそ無名法師なのではないかと、私は思いました」

そう告げて、兼隆は賢子に目を向けた。

「えっ、でも、小式部によれば、無名法師が堀河殿に出入りしているっていうのは間違いで、蘆屋道満の話が混じってしまったからだって言っていたのに……」

「確かに、小式部殿の話ではそうだったのだろう。だが、私を止めてくれたその方は、四十路ほどの美しい法師殿であった」

「では、無名法師殿が兼隆さまを守ったということでしょうか」

「私が相対して話した感じからすると、悪い人には思えなかったが」

口ぶりに曖昧さは残るし、見覚えがあると感じつつ思い出せないことも気がかりなようだが、それでも兼隆はその法師を信じているようである。賢子も無名法師を見たのはただ一度きりだが、その時の印象は決して怪しげなものではなかった。

「今のお話によれば、無名法師殿は太皇太后さまのお許しのもと、御所へ招かれたお方なのですよね」

首をかしげている兼隆と賢子を交互に見ながら、紫式部が尋ねた。

「ええ、そうです。太皇太后さまのためのご祈禱に来られたということでしたが」

「あなたは素性の分からない客人に不安を覚えたのかもしれないけれど、あの太皇太后さまがよからぬ人物を近付けるはずがありません」

と、母は力強い口ぶりで言った。

「過去、后となられたお方の中には、ご夫君の死後、つまらぬ者の口車に乗り、身を落としたお方もおられます。こう申し上げるのも憚(はばか)りながら、左大臣さまのご長女は太皇太后さまと同じく一条の帝に仕え、承香殿(じょうきょうでん)の女御(にょうご)とまで呼ばれたお方。にもかかわらず、一条の帝のご崩御の後、余所の男に通じて父君の名誉を汚しました。あの方などはともかく、太皇太后さまに限って過ちを犯されるはずがありません」

左大臣顕光の長女元子(もとこ)は確かに母の言うような失態を犯し、父から勘当された哀れな女人だ。しかし、元子について語る母の口ぶりは、賢子の心を縮み上がらせるほど冷たく厳しいものであった。それに対し、彰子を語るその口ぶりの、何と誇らしげなことであろう。

（お母さまは本当に心の底から、太皇太后さまを信じておられるのだわ）

無論、賢子も太皇太后彰子の人柄を疑ったことなど一度もない。無名法師のことは、あまりに謎めいていた様子と、小式部が盛んに気にかけていた事情などから、つい気に病んでしまったが、確かに軽率だったかもしれない。

彰子のことを信じようと賢子は思った。

（無名法師殿は兼隆さまのことも助けてくれたのだから）

兼隆が蘆屋道満の手などに落ちなくて本当によかったと、賢子は心の底から安堵していた。

八章　望月の歌

一

母と共に過ごした三日を経て、太皇太后御所へ戻った賢子は出ていく前よりすっかり元気を取り戻していた。

「顔色もよくなったようですこと」

帰った翌日、御前へ挨拶に出向いた時には、彰子にそう言われ、賢子は恐縮した。

「まったく世話が焼ける人ね」

「本当よ。あなたが元気になれたのは、私たちのお蔭だってこと、忘れないでよ」

小式部と中将の君からは嫌みっぽく言われたが、二人の顔に安堵の色が浮かんでいるのを見落とすようなことはない。

「今回に限っては感謝しているわ。兼隆さまをお騙しするのはどうかと思ったけれど」

と、賢子が言うと、「粟田参議さま、怒っていらっしゃった？」と中将の君は急に気

にし始めた。一方、

「ああいう女心に鈍いお方には荒療治が必要なのよ」

と、小式部に悪びれた様子はない。

「これからは、私もしっかり働くわ。六の君と小若君にはさんざん振り回されたけれど、いつまでも振り回されるばかりじゃいけないし」

今はとにかくこの仕事をやり遂げようと、賢子の気持ちはすっかり前向きになっていた。

「男とよりを戻した途端、すっかり溌溂としちゃって。まったくおめでたいんだから」

小式部からは痛いところを衝かれたが、今はそのくらいで機嫌を損ねたりはしない。

「それより、あのお二方のことでちょっと耳にしたことがあるの」

中将の君が言い出し、彰子の御前でしゃべるわけにもいかないというので、いつものように三人は賢子の局で話をすることになった。

「この度、尚侍さま（威子）が帝のもとへ入内なさったでしょ。今のところ、他に入内なさっている姫君もいないし、立后なさるのはほぼ確実と言われているわ」

三人で輪になって座るなり、中将の君は堰を切ったようにしゃべり出した。

「そりゃあ、立后は間違いないでしょうけれど、それがあのお二方とどう関わりがあるというの」

訊き返した賢子に、中将の君は「分かってないのね」と溜息混じりに言った。

「尚侍さまの立后が果たされたら、前摂政さまが次に考え始めるのは『六の君』の入内に決まっているじゃないの」

「入内って、東宮さまのおそばへ上がるのかしら」

小式部が呟き、中将の君は大きくうなずいてみせた。

「そうよ。帝と東宮さまはお一つ違い。帝が今年、御年十一で元服なさったから、東宮さまの元服は来年の見込みが高いわ。そうしたら、六の君がおそばへ上がる話が出てくると思うのよ」

「でも、六の君って、この前元服に臨まれた方でしょ。髪だって男のように切ってしまわれたし、今さら入内って言ったってねえ」

相変わらず、小式部は他人事のような言い種である。

「小若君のご元服には六の君が臨まれたけど、六の君の裳着に小若君が出るわけにはいかないわよねえ」

何の気なしに呟いた賢子の言葉に、「それなのよ」と中将の君が食いついた。

「私、裳着には小若君がお臨みになればいいと思うの。あの方、本当におかわいいから、晴れの儀式の折はさぞやご衣裳が映えると思うのよね」

中将の君はうっとりとした表情で言った。

「小若君は何といっても殿方なのよ。女房装束がどんなにお似合いになっても、女人として入内するなんて」

「入内とまでは言っていないわよ。おそらく、『六の君』も姉上に倣って、初めは尚侍として宮中に入るのではないかしら」

「それって、小若君を尚侍にするっていうこと？」

賢子があきれ返って声を上げると、中将の君は平然と「そうよ」と答えた。

「尚侍は女官の長なのよ。それを殿方が務めるなんて聞いたこともないわ」

「尚侍のお仕事なんて大したことないわよ。ただ宮中にいて女官たちにかしずかれていればいいだけなの。私、小若君はそうやって、少しずつでも外へ出ていくことが必要だと思うのよ。だけど、いきなり殿方ばかりの中にお入れするのはお気の毒でしょ。だから、まずは女ばかりの後宮（こうきゅう）へお行きになって、そこから徐々に世間というものに慣れていかれればいいんだわ」

中将の君は中将の君なりに、小若君を正しく導く方法を考えていたらしい。とはいえ、賢子はそのまま鵜（う）呑みにすることはできなかったのだが、

「それで、いざ東宮さまのもとへ入内って時が迫ったら、お二人が交代するっていうわけ？　何だかはらはらする展開だわ。面白いんじゃないかしら」

小式部は気楽な物言いで、中将の君に賛同した。

「待って。中将の君の意見に一理あることは認めるわ。でも、私はやはり危うい気がしてならない。それに、どちらにしても頼宗さまのお許しをいただかないことには、この話をお二方に聞かせるわけにはいかないわよ」

賢子が懸命に言い募った時であった。

「越後弁さま。よろしいですか」

局の中を仕切っていた几帳の向こう側から、雪の声が聞こえてくる。雪はずいぶんと大きな声を張り上げていた。

「なあに、そんなに大きな声を出して」

賢子は軽く咎める口調で言ったのだが、

「こちらから何度お呼びしても、お返事がなかったものですから」

次第に大きな声を出さざるを得なかったということらしい。

「もっともだわ。越後弁の声は大きいから」

二人とも人のことを言えた義理ではないと思いつつ、

「それで、何の用なの」

と、賢子は雪に尋ねた。

「粟田参議さまがお見えでございます」

という返事に、「あら、まだ日は高いわよ」と、小式部が意味ありげに笑ってみせた。

「宇治から帰ったばかりで、気遣ってくださっているのよ」

兼隆の優しさを強調し、「とにかく中へお通しして」と雪に伝える。兼隆は雪に案内され、顔を見せたが、すぐに座ろうとはせず、

「お話し中と分かったので、立ち去ろうかとも思ったのだが……」

と、少しきまり悪そうな物言いをした。

「いいえ。大した話をしていたわけではありませんから。私たちはすぐに失礼いたしますわ」

小式部と中将の君が立ち上がろうとすると、それを止めたのは兼隆であった。

「大事な話をしていたことは分かっている」

と、兼隆は妙な眼差しを、小式部と中将の君に向けて言った。

「どういう意味でございますか」

中将の君が訊き返すと、

「実は取り次いでもらう前、戸口の中へ入れてもらっていたのでな。あなた方の話し声が聞こえてしまった」

と、兼隆は答えた。

賢子の恋人である兼隆を、戸口の中へ招き入れた雪に落ち度はない。誰も中に入れるなと、雪に厳命しておかなかった賢子の責任である。

「小若君と六の君について話しておられたな」

兼隆は最後に賢子に目を向けて言った。賢子が思わず顔を強張らせ、兼隆もまたきまり悪い表情を浮かべている。

「立ち聞きするつもりはなかった。それに、聞いたのは最後のところだけだ」

「それって、まさか……」

「あなた方は言っていたな。小若君が尚侍として参内するのしないの、と。小若君とは昨年元服した長家殿のことであろう。どういうことなのか、私が妙に思っても不思議はあるまい」

小式部と中将の君は互いに顔を見合わせ、小さな息を吐いた。

「そこに、頼宗殿の名が出てきたのも聞こえてしまった」

と、頼宗の名を出した賢子に目を据えて、兼隆は言う。

「私は前に、あなたと頼宗殿が何を話していたのか問い、あなたは答えをごまかした。それで、私は二人の間に何かがあったのではないかと勘繰ったが、今はそうでないと信じている。ならば、あなた方は二人で何を話していたのか。それは、どうしても私に打ち明けられないことだったと考えざるを得ない」

「兼隆さま、そのことは……」

できればそれ以上尋ねてほしくないという思いをこめて、賢子は首を横に振った。し

かし、

「何も聞いていないふりもできたが、それをするのは卑怯だと思うゆえ、私はすべてを打ち明けた。できれば、あなた方にも頼宗殿にもそうしてほしいと思っている」

と、兼隆は真摯に言った。

（兼隆さまは蘆屋道満の甘言に乗りかけたことまで、私の前で明らかにしてくださった。正気を取り戻した今となっては、どれだけ隠したいことかしれないのに……）

賢子は宇治での兼隆の言葉を思い返した。

（あそこまで正直に語ってくださった兼隆さまが、ご一家の秘密を知ったからといって、それを余所へ漏らすようなことは絶対になさらない）

そう信じることができる。だが、もちろん、賢子たちの口からすべてを明らかにするわけにはいかなかった。

「私たちはこのことを頼宗さまから聞かされ、決して余所へは漏らさぬようにと堅く言い含められました。ですから、お話は頼宗さまからお聞きになっていただくしかございません」

賢子の言葉に、承知したと兼隆は答えた。

「では、私から頼宗殿に使いを出そう。もし今日お暇ならば、こちらへ来ていただくようお願いしてもかまわないかな」

兼隆の言葉に、賢子たち三人は顔を見合わせ、無言でうなずき返したのであった。

二

その後、頼宗は一刻と経たぬうちに、太皇太后御所の賢子の局へやって来た。

いったん自分の局に引き取っていた小式部と中将の君も、賢子の局へ舞い戻ってくる。

几帳を取り除き、五人は車座になって顔を合わせた。

「兼隆殿からのお文には、ただならぬことを耳にしたゆえ、真相を確かめたいと書かれていたが……」

と、頼宗が蒼ざめた顔で一同に問う。

「方々の名誉のために言っておくが、うっかり口を滑らせたわけでも、局の外に聞こえるほどの大声で話していたわけでもない。ただ、私が取り次いでもらう前に局の戸を越えたため、聞こえてしまったのだ」

兼隆が頼宗に事情を説明した。

「兼隆殿のお立場なら、断りもなく越後弁殿の局に立ち入ったところで責められはしないでしょうが……」

頼宗は探りを入れるような眼差しを兼隆に向けて呟いた。

「頼宗殿からは打ち明けにくいと思われるゆえ、私からお話ししよう」

兼隆は言い置き、先に語り出した。

「鷹司殿の邸におられる長家殿と六の君、お二人は年も近い。どういう事情かは分からないが、これまで入れ替わって暮らしてこられたのではないか。私はそう推測した」

頼宗は何の反応も見せず、兼隆はさらに語り継ぐ。

「しかし、長家殿はすでに元服も済ませ、婿入りまでしている。仮に六の君が入れ替わっているとしたら、そこまでごまかし切れるものかどうか、甚だ疑わしいのだが……」

兼隆が口を閉ざすと、頼宗は大きく息を吐き、覚悟を決めた表情で口を開いた。

「おっしゃる通り、あの二人は互いに入れ替わっております」

頼宗は、宮中に出仕している長家が実は六の君で、人に悟られぬよう、自分が気を配ってきたこと、行成の家に婿入りしたのも六の君で、相手の姫も幼いため、どうにかごまかせているらしいことを打ち明けた。

「……そ、そうなのか」

他に言いようもないという様子で、兼隆は口を閉ざした。

「無論、このままでよいとは私も思いません。といって、私の手には負えませんのでね。太皇太后さまのお勧めで、この三人に世話を頼んだのです。あの者たちを説得し、あるべき本来の姿に戻してほしい、と」

「……なるほど」

兼隆はまだ混乱の覚めやらぬという眼差しで、賢子、中将の君、小式部を順に見つめた。それから、最後に頼宗に目を戻すと、

「このことに関して、私が力になれることはあまりないが、無論、秘密は守る。また、そのために力添えが必要ならば言ってほしい」

と、真面目な声で告げた。

「兼隆殿のことはもちろん信じております。ただし、万一にも今の話が世間に漏れるようなことがあれば、私は真っ先にあなたを疑うし、父に知らせねばなりません。それだけはご承知願いたい」

穏やかな物言いではあるが、頼宗の声には明らかに警戒する響きが含まれていた。血のつながった従兄であり、道長の養子として扱われる兼隆を、心底から信じ切ることができないのだろう。そのことは兼隆もまた承知している様子で、

「分かった。頼宗殿のお立場とすれば、やむを得ないことと思う」

と、うなずいた。それから、ふと表情を改めると、

「ところで、頼宗殿は道摩法師、もしくは蘆屋道満という者をご存じか」

と、不意に話を変えた。

「蘆屋道満なら耳にしたことはありますが……。陰陽の術を操るという者だったかと」

頼宗は困惑気味の声で答える。

「その者が今、堀河殿に出入りして、左大臣殿（顕光）のために働いているようだ」

頼宗の顔が急に強張った。顕光と娘の延子が、頼宗の妹寛子を恨んでいるのは誰もが承知のことである。

「すでに叔父上にはお伝えしたが、さほど驚いたご様子ではなかった。対策は講じないでよろしいのですかと私がお尋ねしたら、すでに講じているとおっしゃっていた」

「すでに講じている……？」

「安倍吉平殿のことではないか？　あの者はかつて陰陽寮に属し、天文博士（てんもんはかせ）もしていただろう」

「ああ。父親の晴明殿に劣らぬ力の持ち主だと聞いたことがあります」

頼宗は少し安心した様子で呟いた。

「私も叔父上のお話を聞いて、一応安心してよいと思っていたのだ。しかし、今思えば、対策とは、叔父上ご自身や高松殿の女御に対する備えを言っておられたのだろう。まさか、長家殿や六の君への対策とは思えぬ」

兼隆の言葉に頼宗ははっとした表情を浮かべた。

「もしや、長家や六の君のおかしな癖は、左大臣殿の呪詛の……」

頼宗がそう呟いた時、賢子は「お待ちください」と声を上げていた。

「あのお二方が入れ替わられたのは、もっと幼い頃のことですよね。その当時から、左大臣さまが前摂政さまのご一家をお恨みだったとは思えませんけれど」

左大臣顕光が道長を恨み始めたのは、自身の婿である小一条院が即位の道を絶たれたことと、その小一条院を道長の娘に奪われてからのことだ。

「無論、事の始まりはずっと昔のことですが、いくら手を尽くしても二人が元へ戻らないのは、呪詛によるものかもしれません」

頼宗はひどく真剣な顔つきで言い、兼隆もまた「私もそう思ったからこそ、お伝えした」と言う。

「蘆屋道満は堀河殿に出入りしているのでしたね」

頼宗はいつになく険しい眼差しで、兼隆に確かめた。その整った顔が常ならぬ決意を秘めているように見えるのを、賢子は不安な気持ちで眺めていた。

しばらくして、太皇太后御所を下がった頼宗は、二条にある堀河殿へと牛車を向けた。

左大臣の顕光は宮中でも顔を合わせ、知らぬ仲ではない。父道長とは従兄弟同士であり、さほど道長寄りというわけではなかったが、政の上で大きな対立をしたわけでもなかった。だからこそ、道長から排除されることなく、左大臣まで昇り詰めることができたとも言えるのだが……。

これまで頼宗は顕光のことを、自分たち一家の味方とも敵とも思っていなかったし、顕光の方も同じだろう。だが、小一条院が頼宗の妹寛子の婿となったことで、すべてが変わった。

道長一家を見る顕光の目はあからさまに冷たくなり、特に寛子の同母兄である頼宗は、憎悪に近い目を向けられている。

だから、堀河殿を正式に訪問することなどできない。中へ足を踏み入れたりすれば、何をされるか分からない——とは言いすぎにしても、相手が怪しげな陰陽師を雇っているのであれば、どれだけ用心してもしすぎることはないだろう。

ならば、堀河殿へいったい何をしに行くのかと問われれば、頼宗にも答えようがなかった。ただ、堀河殿に蘆屋道満という怪しげな者が出入りしていると聞いて、じっとしていられなかったのだ。

夫を迎えたばかりの妹寛子、男に生まれながら姫君のように邸の奥から出て来られない弟長家——そんな弟妹たちを守らねば、という兄としての思いもある。六の君は母が違うので、そこまで強い思いは抱いていなかったが、長家の代わりに出仕し始めてからは付き添うことも多くなり、今では「弟」のように思っていた。本当に、この聡明な少女が自分の「同母弟」であればよかったのに、と思うことさえある。

そんな弟妹たちの身に、危険が及ぼうとしているのなら、知らぬふりはできなかった。

やがて、頼宗は堀河殿から少し離れた場所で牛車を降り、従者たちには近くの邸の塀の陰で待っているようにと告げた。すでに夕暮れ時になっており、辺りは蒼い薄闇が下りている。その夕闇にまぎれ、頼宗は一人、堀河殿の門前が見える場所へと移動した。

逢魔（おうま）が時（とき）に浮かび上がる堀河殿は、冷たい妖気が漂っているように見える。

（ここに、蘆屋道満が……）

心の中で、そう呟いた直後のことであった。

「それがしをお呼びでございますかな、高松の権中納言殿」

頼宗ははっと振り返った。後ろに人が近付いた気配などまったくなかったのに、相手は自分のすぐ後ろにいた。薄闇の中でも、修験者のような格好をした相手はくっきりと見えた。その顔に刻み付けられた薄気味悪い笑いまでも――。

「私は誰も呼んでいない」

かすれた声で頼宗は言い返した。

「ですが、それがしにはしかと聞こえましたぞ。蘆屋道満、とそれがしを呼ぶあなたさまのお声が――」

「そなたはこの私のことを……」

「無論、存じておりまするぞ。前摂政のご次男、権中納言頼宗さまでいらっしゃることは重々」

頼宗は蘆屋道満とは初対面である。道満はどうやって自分のことを知ったのだろう。

呪詛するべき対象として知ったということか。思わずぞっとした気分に駆られたその時、

「あなたさまはそれがしの力を必要としておられますな」

と、いきなり道満が尋ねてきた。

「どういう意味だ」

もっと腹を据えた声を出したいと思うのに、声がかすれるのをどうすることもできない。

「お父上にも、腹違いの兄上にも、いろいろと思うところがおありでしょう」

「何だと……」

「あなたさまは弟君、妹君のため、ご一族のためにこんなにも心を砕いておられるというのに、摂政にまでなられた兄上はあなたさまのご苦労をご存じない。あなたさまが陰でどれほどの働きをなされようとも、日の当たる場所で大輪の花を咲かせるのは兄上お一人。そう、すべてお父上のご意向によるものですな」

柔和な声で道満は語った。そして、その声はどうしようもなく耳に心地よく聞こえた。

「我慢なさる必要などありません。お恨みになればよいのです、お父上を、腹違いの兄弟姉妹を。あなたさまの母君を差し置いて、鷹司殿の産んだ異母兄弟ばかりを重んじるお父上が、すべてお悪いのです。どうしてあなたさまたちが下に見られなければならないのですか。あなたさまの母君は大臣の姫君だというのに。決して鷹司殿に引けを取る

ようなお血筋ではないというのに」

「そう……だ。私の母上は……貴い方だ。私の中に流れる血は、決して兄上に劣るものでは……」

「その通りでございますとも」

と、力強く言った道満は「ついておいでなさい」と続けた。頼宗が顔を上げると、道満はすでに背を向け、堀河殿の門をくぐり抜けようとしている。このまま引き返すべきだと心の声が言うのを自覚しながら、頼宗の足は道満のあとを追っていた。どうしても逆らえなかった。

門を抜けると石畳の道があり、道満はそれを進んで行く。

夕暮れの薄明かりに木立ちが物言わぬ人のごとく不気味に浮かび上がっていた。時折、鳥がけたたましい声で鳴き、その都度、頼宗の心を脅かす。

ややあって、道満は石畳の道からそれ、南へ足を向けた。寝殿造の建物では池を配した庭が造られる位置であり、案の定、堀河殿には見事な大池があった。近くには、池に注ぎ込む小川の流れも見られた。

見るべき時に見れば、さぞ風情のある景色なのだろう。だが、今の頼宗の目には何とも空恐ろしく映る。

その小川に人影があった。どうやら水の中に体の半分近くを沈めているようだ。

道満は臆することなく人影に近付いて行く。

頼宗の心はここで再び躊躇(ちゅうちょ)を覚えた。あの人物に近付くべきではないという気がしきりにしたが、やはり足は勝手に道満のあとに付いて行く。

道満と頼宗はやがて、小川のほとりにまで達した。

人影は女だった。顔立ちなどはよく見えないが、白い装束を身に着けていることがかろうじて分かる。禊(みそぎ)でもしているのかと思われたが、女は頼宗らに気づく気配もなく、両手を合わせ、北西の方を向いて一心不乱に何かを呟いている。

やがて、頼宗は女の呟く言葉が一首の和歌であることに気づいた。

もの思へば沢の蛍もわが身より　あくがれいづる魂(たま)かとぞ見る

頼宗はすぐにそれが自分の知る歌だということに気づいた。

(これは、和泉式部殿の……)

あの小式部の母である和泉式部が、男の心が離れたのを悲しんで貴船(きふね)神社へ参り、詠んだ歌だと言われている。

——愛しい人の心が離れ、物思いにふけりながら沢の蛍を見ていると、あの光が私の体から抜け出していった魂かと思えるのです。私は今にも死んでしまうのかしら。

恋の苦悩を歌い上げたまさに傑作で、世間でも評判の高い歌であった。恋多き和泉式部のことなので、相手の男が誰なのかは知らないが、この歌のお蔭で和泉式部は男の心を取り戻したとも言われている。

頼宗ははっとした。

和泉式部の歌に想いを託し、水で身を清めて祈るこの女人は、この堀河殿に住まう御息所延子なのではないか、と。頼宗の妹寛子のもとへ入り浸る夫小一条院の心を取り戻さんがため、こうして祈っているのではないか、と。

(それとも、私の妹を呪っているのか)

和泉式部の歌にそのような意味はないし、目の前の女人の行為を呪詛と決めつける根拠もない。だが、小一条院と寛子の住まう高松殿の邸の位置が、この堀河殿から北西に当たることに気づいて、頼宗はぞっとした。その時、

「院の女御ともあろうお方が、何と哀れでけなげなお姿とは思いませぬか」

道満が突然話しかけてきた。同時に、それまで二人にまるで気づいていなかったふうの女人が突然、体を動かした。頼宗はそちらに目をやった。いつの間にやら空に昇っていた月の明かりが、女人の顔を照らし出す。

その瞬間、般若(はんにゃ)の形相が見えた。

「わっ!」

頼宗は声を上げ、思わず両手で顔を覆った。そして、そのまま意識が飛んだ。

――気づいた時、頼宗は堀河殿の門前にいた。

「どうなさいましたか」

静かな調子で尋ねてきたのは、道満だった。般若の顔の女人もいない。池や小川も見当たらない。すでに日は落ちていたが、堀河殿の門前に異変はなかった。

道満の顔には薄気味悪い笑いが貼りついていたが、般若の顔というわけではない。

頼宗は道満に無言で背を向けた。相手に無防備な背中を向けるのは恐ろしくもあったが、面と向き合っている方が恐ろしかった。

今目にしたものが現実の出来事なのか、道満の呪術で見せられた幻なのか、確かめるのも怖かった。

そして、これ以上道満と問答を続ければ、頼宗自身、心にもないこと――いや、本当は心の底に在るのだが、ふだんは見ないようにしているものを表へ引きずり出される、そんな気がした。

「いつでもここへおいでください」

歩き出した頼宗の背に、道満は声をかけてきた。

「それがしはいつでも、あなたさまのお役に立ちまするぞ」

聞くまいとしても耳に入ってくるその声を聞きながら、頼宗は重い足取りで牛車へと戻った。

この年の三月に入内した威子が立后したのは、十月のことである。すでに太皇太后になっていた彰子、同時に中宮から皇太后に移った妍子に加え、威子が中宮となり、道長の一家で三后を独占した形となった。これは前例のない事態であり、道長の栄華がまさに極まった瞬間であったと言える。

三

そして、この饗宴（きょうえん）の席において、道長は世間を驚かせる歌を披露した。

この世をば我が世とぞ思ふ望月の　欠けたることもなしと思へば

この世は私の世とも思える、満月が欠けているところがないように、私の人生も満ち足りたものと思えるから。

天皇でもない者がこの世を「我が世」と言うのは、宴（うたげ）の座興とはいえ、不遜であった。しかし、それをとやかく言う者はもはやいない。

この逸話はさっそく太皇太后御所にも伝えられたのだが、賢子が耳にしたのは、例によって小式部を通してであった。恋人の公成から聞いたものなのだろう。

兼隆も饗宴に参加していたはずであり、その折の話を聞きたいと思ったが、いろいろと忙しいのか、なかなか賢子のもとへやって来ない。

その兼隆が頼宗と連れ立って御所へ現れたのは、威子の立后から十日が経った二十六日のことであった。

兼隆はすぐに賢子のもとへ来たのではなく、彰子の御前へ向かったという。そう聞きつけて、賢子も御前へ上がったのだが、小式部と中将の君もすでに来ていた。二人の近くへ行って席を確保すると、賢子は御前でのやり取りに耳を澄ませた。

「あの日の宴の席で、父上がお詠みになった歌を太皇太后さまもお聞きになりましたか」

頼宗が彰子に尋ねているところであった。今、いちばんの話題である「この世をば」の歌のことだとすぐに分かる。

彰子の返事はなかった。無論、彰子がこの歌のことを知らないはずがない。

「あれは、小野宮（おののみや）の大納言殿（藤原実資（さねすけ））から乞われてのお歌でございました。大納言殿は返歌をするべきところでございましたが、あの歌に返歌をするのは難しいと仰せになり、その場にいた者が皆で叔父上の歌を朗誦（ろうしょう）したのでございます」

彰子の無言を埋めるかのように、兼隆がいつになく饒舌（じょうぜつ）に語った。

「皆が幾度も唱和しておりましたゆえ、私も覚えてしまいました。歌そのものの出来栄えはさておき、父上でなくては詠めぬ歌と申せましょう。よろしければ、この場にてご披露いたしますが」

頼宗がやや浮かれた調子で言った。すると、兼隆がすぐに「それはよい」と応じる。

「私は不調法者ですが、さすがにあの叔父上の歌は覚えております。私もご一緒にお聞かせいたしましょう」

そう言うなり、頼宗と兼隆は呼吸を合わせ、「この世をば」と吟じ始めた。

頼宗の深みのある声と、兼隆の堂々たる声が混じり合い、御前を揺るがせるほどの吟詠となる。

「あの二人、前からあんなに仲がよろしかったかしら」

その様子を見ながら、小式部が賢子の腕を肘で突いた。

「そうねえ」

賢子も首をかしげたくなる。仲が悪かったというわけではないが、さほど気が合うふうにも見えなかった。ただ、兼隆が六の君と小若君の秘密を嗅ぎつけ、その上で蘆屋道満の話を頼宗に聞かせて以来、それまでにない絆が生まれたらしいようではある。

もっとも、その後、六の君と小若君が入れ替わる決心をしてくれることもなく、といって二人の秘密が外へ漏れることもなく、そして蘆屋道満の動きが聞こえてくることもない。ただ、秘密が守られてきたのは、兼隆が口を閉ざしていた証であり、頼宗はそれゆえ兼隆を信頼するようになったとも考えられた。

「お二方さま」

二人の朗詠が終わった時、御簾に最も近い場所に陣取っている老女房の口から、冷えた声が漏れた。その目は頼宗と兼隆に鋭く注がれている。

「太皇太后さまのお許しを頂戴する前に、お歌を高らかにご披露遊ばすのはいかがなものでしょうか」

明らかに、頼宗と兼隆への非難であった。

「いや、これは申し訳ない」

しかし、頼宗はさほどこたえた様子もなく、笑いながら謝った。

「太皇太后さまもお聞きになりたいものと、思い込んでしまいまして」

「いやいや、思い込みではないでしょう」

老女房が口を開くより先に兼隆が言った。

「これは中宮さまの立后もさることながら、太皇太后さま、皇太后さまと、一家に三后がそろったことを寿ぐ歌。太皇太后さまが好まぬ理由がございますまい」

兼隆の声はいつもの二倍くらいは陽気に聞こえる。どうも妙だと賢子は思ったが、さりとてその理由がよく分からない。

「太皇太后さまは決してさようにお思いではございません」

老女房はぴしゃりと言った。

「これは、お后さまたちを寿ぐというより、前摂政さまがご自身の栄達を高らかに誇るもの。さようなお心映えを、太皇太后さまは決してよしとはなさいませぬ」

つまり、彰子はこの道長の歌を不快に思っている、と言うも同じ言葉であった。

「ほう。太皇太后さまは叔父上のお歌にご不快でいらっしゃるのですか」

不意に、兼隆の声が変わった。それまでの陽気さから一転、低く打ち沈んだ声になっている。その場にいた誰もが虚を衝かれ、兼隆の口もとに注目した時であった。

「そうでございますか。太皇太后さまはさようにお思いで。つまり、ずっと叔父上のやり方にご不満だったというわけでございますか。なるほど、よう分かりますぞ。叔父上はご自分が力を得ることには貪欲でいらっしゃるが、力を失った者のことは顧みない。我々の従兄に当たる亡き内大臣伊周殿など哀れなものでした。ここの頼宗殿はその伊周殿の姫を妻になさったが、さぞかしつらい思いをなさってきたことでしょうな」

兼隆は暗い声のまま淀みなく語った。しかし、その内容は誰もが知っているけれど、間違っても今の世で口にはできぬ類のものであった。それを兼隆は何の躊躇いもなく、道長の娘である彰子の前で語っている。

「兼隆殿のおっしゃる通りです」

すぐさま、頼宗が兼隆の言葉に追随した。

「私の妻は幼い頃に父君が都を追われ、心細い思いをしてきました。父の故内大臣は私の妻を后にと願っていたそうですからね。私ごときの妻になったことを、草葉の陰で嘆いているかもしれません。しかし、私の妻のことはまだいい。太皇太后さまとて父上には面目を潰されたことでしょう。亡き一条の帝のご遺志に従い、一宮さま（敦康親王）を東宮にと望まれたお気持ちを、踏みにじられたのですからね。まあ、東宮位の件では、一条の帝ばかりでなく、三条の帝のご遺志も踏みにじられましたがね。亡き三条の帝は小一条院さまのご即位を、心の底から望んでおられましたのに……」

「お二方とも、おやめなさいませ。さように聞き苦しいことを、太皇太后さまのお耳に入れるなど」

老女房がややきつい口調で叱責した。

「何を聞き苦しいことがございましょう。我々は太皇太后さまのお心をお汲み申し上げて……」

「そういえば、亡き一条の帝のご遺品の中に、父上の横暴を詰る書きつけがあったそうですな。太皇太后さまもそれを御覧に……」

兼隆と頼宗は老女房の制止など耳に入れる様子もなく、道長への非難の言葉を吐き続けている。ふだんからそういうことを口走る人物ならばともかく、二人ともこれまで一言たりと、そんなことを口にしたことはなかった。

この場に控えていた女房たちが、さすがに動揺を隠し切れず、ひそひそとささやき声を交わし始めた。

「え、越後弁」

老女房が慌てふためいた声で、賢子を呼んだ。弾かれたように「はい」と応じて近くへ寄った賢子へ、

「この場にいる女房たちを下がらせなさい。堅く口止めすることを忘れぬように」

と、老女房が命じた。中将の君と小式部も下がらせるのかと問うと、それはよいから三人ですぐに事に当たれというので、賢子は急いで元の席へ戻り、二人に老女房の指示を伝えた。それから、大急ぎでその場にいた女房たちを御前から遠ざけ、戸口もしっかり閉ざしてから元の席へ戻ると、兼隆と頼宗はまだ口を動かしている。明らかに様子がおかしかった。

「無名法師のもとへ使者を」

その時はじめて、彰子の声が御簾の外へ漏れた。

「かしこまりました、ただちに」

老女房はすぐさま応じると、その仕事は賢子らに任せようとはせず、自ら奥へと姿を消した。

その場に残ったのは、彰子と兼隆、頼宗の二人に、賢子ら三人だけである。兼隆と頼

宗は時折黙り込むこともあるのだが、何の脈絡もなく、また突然しゃべり出すということをくり返していた。

語る内容はおおむね初めから変わらない。兼隆は亡き父の権力を道長が奪ったことへの不満を、頼宗は高松殿（明子）を母とする自分や弟妹たちが軽く扱われることへの不満を述べ立てており、そこに時折、一条天皇や三条天皇、敦康親王や小一条院といった人々への同情の言葉が混じる。

「困ったものね。何かよくないものに憑かれておしまいになったのかしら」

小式部が兼隆と頼宗を見ながらあきれた声を出す。確かに、二人が平常心でいるとはとうてい見えなかった。

「ねえ、さっき、太皇太后さまは無名法師っておっしゃったわよね」

今度は、中将の君が小声で呟く。賢子は無言でうなずいた。

一度、祈禱のために現れて以来、無名法師が御所へ訪ねてくることはなかったが、その後も彰子との関わりは続いていたのかもしれない。そして、その居場所を知っているのは、女房の中でも限られた者だけだったと思われる。

「もしかして、無名法師さまなら、このお二人を元に戻せるのかしら」

そんなことを言い合っているうちに、先ほどの老女房が戻ってきて、またしばらくの時を置いてから、

「お客人が見えますゆえ、誰か車宿りへお迎えに行くように」

と、声がかけられた。小式部がすぐに立ち上がり「私が参ります」と言うので、賢子はその場に残った。

それからほどなくして、小式部に案内された法師が御前に現れた。まぎれもなくかつて一度だけ会った無名法師である。

「太皇太后さま、お召しにより早速参上いたしました」

無名法師は兼隆と頼宗の後ろに着座し、挨拶した。だが、この時、兼隆がしゃべっており、口をつぐむ気配もなかったため、老女房は「もっと御簾近くへ」と無名法師を扇で招いた。無名法師が兼隆らの脇を通り抜け、老女房の前に座り直すと、

「お二方のご様子がどうもおかしい。先ほどから、ふだんならば口にしないことばかりしゃべっておられる」

と、老女房が告げた。無名法師は兼隆の口から紡ぎ出される言葉に耳を傾け「なるほど」と呟く。

「おそらく、かの陰陽師を名乗る者により、呪法にかけられたものと考えられます。お二方があの者にお会いしたという話を聞いたことはございませんか」

「さあ、わたくしは聞いておりませんが」

老女房を介することなく、彰子が直に無名法師の問いに答えた。それを聞き、賢子は

身を乗り出すと、

「もしや、陰陽師を名乗る者とは蘆屋道満という者のことでございますか」

と、無名法師に尋ねた。賢子に向けられた無名法師の顔が強張っている。

「その者と会ったという話を、私は粟田参議さまより伺っております。前摂政さまもご存じのはずでございます」

賢子は体ごと御簾へ向き直り、彰子に告げた。

「ですが、もう半年以上も前のことで、会ったのはその一度きりだと思いますが……」

その後、兼隆が蘆屋道満にひそかに会い、そのことを自分に黙っていたとは考えにくい。

「一度でも会ったことがあるのなら、その時に呪法をかけられたのでしょう。しかし、それが力を振るうには何らかの約束事があったはず。それが呼び水になったのだと思いますが……」

無名法師の言葉に、「呼び水とはもしや……」と言い出したのは彰子であった。

「父上の歌を朗誦したことだったかもしれません。ひどく傲慢な歌でしたから、二人ともそれで、今まで抑え込んでいたものが弾けてしまったのではないでしょうか」

「それは十分に考えられることですね」

無名法師は言い、大きくうなずいた。

「二人を元に戻すことができますか」

彰子の問いかけに、「やってみましょう」と無名法師は静かに答えた。

それから、陰陽師がするように、人差し指と中指を立てた右手を軽く握って顔の前に持ってくるなり、呪法と思われる文言を唱え始める。

「火途、血途、刀途の三途より彼を離れしめ、遍く一切を照らす光とならん。オンサンザン、ザンサクソワカ」

最後の文言が口にされた直後、その時、しゃべっていた頼宗の口がぴたりと閉ざされた。そして、二人とも体を支えていた芯を抜き取られたかのように、上半身を大きくぐらつかせた。

「兼隆さまっ」

「頼宗さまー」

賢子たちは叫んだが、さりとて、御前で二人の公達に駆け寄るわけにもいかない。すると、無名法師がすかさず二人の前へ膝を進め、初めに頼宗を、次に兼隆の体を支えた。

「大事ありませんか」

無名法師の問いかけに、「あ、ああ」と二人は頭を振ったり、額を押さえたりしながら、困惑した声で応じている。

それから改めて無名法師の顔に見入ったが、どちらも夢から覚めたばかりというような表情を浮かべていた。

「私はここで、何を……」

頼宗はぼんやりと呟いた。

「何やら頭が重くてならぬ」

兼隆は顔をしかめている。二人とも今まで自分がこの場で口にしていた内容については、まるで覚えていないようであった。

「太皇太后さま。ただ今、お二方がお口になさったのは決してご本心ではありません」

無名法師が御簾へ向き直り、改まった様子で言うと、「分かっております」と御簾の奥からは静かな声が返されてきた。

「……どうも、私は正気を失くしていたように思うが、貴僧が助けてくださったのだろうか」

頼宗が事情を何とか呑み込んだ様子で、無名法師に目を向けて言う。その言葉に、兼隆も顔を上げた。

「貴僧は前に堀河殿の門前でお会いした……。いや、それ以前にもお見かけしたことがある。あなたは――」

兼隆は驚きに目を見開き、無名法師をじっと見つめていた。

「光少将殿でいらっしゃったか」

兼隆が無名法師から目をそらさず、ようやく合点がいったという声を出した。

「お目にかかったのはかなり前ですが、思い出されたのですね」

無名法師が穏やかな表情でうなずく。

「光少将さまって、確か、左大臣さまのご子息の重家（しげいえ）さまのことですか」

中将の君が瞬きしながら無名法師を見つめ、茫然（ぼうぜん）と呟いた。

左大臣顕光には、光少将と呼ばれる容姿に優れた、前途有望な跡継ぎの息子がいた。

一条天皇の女御となった元子や小一条院の女御延子の兄に当たる人物だ。

しかし、賢子らが生まれて間もない頃、重家は突然の出家を遂げてしまった。すべてに恵まれているように見える若者の、理由の分からない出家。当時は皆が驚愕（きょうがく）でもって、この話を受け止めた。

その後、元子は子を生さぬまま、夫である一条天皇に先立たれたが、やがて別の男と深い仲になって、父顕光から勘当された。もう一人の娘延子は小一条院との間に皇子を生したものの、小一条院が東宮を辞退したことで、その即位の望みも絶たれた。

顕光は、我が子に懸けた期待がことごとく裏切られるという哀れな人生を送ってきた人だった。自らは左大臣に昇り詰めたとはいえ、それを受け継ぐ息子もいないのである。

そして、延子の夫である小一条院は延子とその子供たちを捨てて、道長の娘のもとへ走った。

顕光が道長を恨むのはもっともだ。顕光が蘆屋道満に頼るのも無理はない。そう思ってしまった時、兼隆と頼宗は道満にその心を利用されたのだろうと、無名法師は語った。

無名法師に問われるまま、頼宗は自分も蘆屋道満に会ったことがあると告げた。

「しかし、あなた方が我が父のごとく、道満の手に落ちないでよかった」

と、無名法師は心から安堵した様子で呟いた。

無名法師は父に勘当された妹の元子を助け、よく訪ねていたのだという。彰子もまた、同じ一条天皇の妻であった関わりから元子と今もやり取りをしており、そこから無名法師との縁も生まれた。

「私は父に罪を犯させたくないと念じ、太皇太后さまのお力もお借りして、堀河殿にも度々出入りしております。しかし、道満に並々ならぬ力があるのは確かで、私が堀河殿に赴く時には必ず姿を消してしまう。それゆえ、私は道満を見たことさえないのです」

無名法師は苦しそうに告げた。無名法師と話をしている時には、顕光も正気を保ち、その言葉にも素直に従うらしいのだが、ひとたび無名法師が堀河殿を去ってしまうと、その間にまた道満が現れ、顕光の心を闇に陥れてしまうのだという。

顕光は、道長や寛子への呪詛を蘆屋道満に依頼し、道長は道長で、陰陽の術を扱う安倍吉平に対策を講じさせており、今のところ、大事に至ってはいない。

「私もくわしいことは分からないのですが、呪詛返しの法もあるのだとか」

頼宗の言葉に、無名法師は難しい顔でうなずいた。

「呪詛返しとは恐ろしい技で、場合によっては呪詛した側を死に至らしめることもあるのです。それゆえ、事態がそこへ至るまでに、私も父のもとから蘆屋道満を引き離したいと思っております」

「わたくしは、左大臣殿と娘の女御殿（延子）をこそお守りしてほしいと思います」

無名法師の言葉に続いて、彰子が述べた。その場に居合わせた者は皆、御簾に体ごと向き直り、居住まいを正していた。

「あの方々を苦しめたのは、まさにわたくしたちの一家でしょう。それこそが、父上や高松殿の女御（寛子）をお守りすることにもなるはずです」

「お言葉、胸に刻みおきます」

頼宗が頭を垂れて言い、皆も一様に頭を下げていた。

「この度、太皇太后さまと無名法師殿に救われた御恩、決して忘れはいたしませぬ」

最後に、兼隆が深々と頭を下げて告げた。

九章　とりかへばや　其の三

一

道長が望月の歌を詠んだ十月から暦が変わり、十一月を迎えると、威子の妹である「六の君」に尚侍の宣旨が下された。

入内前は威子が就いていた座であるが、空席になったその職が「六の君」に回ってきたのである。とはいえ、「六の君」はまだ裳着を済ませておらず、すぐに出仕するわけではない。ただし、これは東宮入内への布石であったから、翌年には裳着を行い、尚侍として出仕することになる。

裳着までに六の君と小若君が本来の自分に戻ってくれることを、賢子はひそかに望んでいたが、六の君はともかく、小若君には無理な話であった。

「まずは尚侍として出仕なさり、世間というものに慣れていくことが必要よ」

という中将の君の意見は変わらず、賢子たちも頼宗もそれしかないかと思い始めたこの年の十二月、あの敦康がわずか二十歳で逝去した。賢子たちと同い年である。

我が子のように面倒を見てきた彰子の悲嘆は大きかった。

——皇太后さまは私にとって、紫の上と思い申し上げるお方ですから。

——皇太后さまは理想の母君という意味で、私の紫の上なのです。

生前、賢子たちに向かって口にしていたその言葉を、敦康は彰子に伝えることがあったのだろうか。敦康の思い出話を御前でしていた時、そっと彰子に告げると、

「さようなこと、一宮は一度もわたくしには……」

と呟いて、彰子は静かに袖で涙を拭った。

敦康の早すぎる死は、彰子ばかりでなく道長や頼通をも嘆かせ、敦康の忘れ形見となった幼い姫は頼通が面倒を見ることになったという。

間もなく年が明けると、賢子は中将の君と共に鷹司殿の邸へ出向いた。いつものように、賢子が六の君、中将の君が小若君のお相手をする。さっそく賢子が六の君の部屋へ赴き、裳着について尋ねると、

「裳着については、小若君に臨んでもらうことにしました」

という返答であった。

「どちらにしても、私は髪の長さが足りず、不自然に思われるでしょう。第一、女の所作もできない」

それに引き換え、小若君は十分、たおやかな姫君として振る舞えるという。そして、尚侍として出仕することについても、中将の君の説得もあってか、承知しているそうだ。

「小若君がこの邸を出ていくと言っただけでも、私には驚きなのです」

中将の君のお蔭だろうかと、六の君は嬉しさと寂しさが半々といった口ぶりで告げた。

「小若君、いえ、尚侍さまとあえてお呼びしますが、尚侍さまが参内なさった暁には、私どももそのお供をするようにと太皇太后さまから申し付けられております。そのため、しばらくの間は私どもも尚侍さまのおそばで、お支えいたしますゆえ」

賢子が言うと、六の君は不意ににやりと笑い、

「そうですか。それは楽しみですね」

と、やんちゃな少年としか見えぬ顔で言った。

「楽しみ……？」

「参内ならば私もしているし、尚侍の参内後はその部屋へ毎日訪ねていきますよ。きっと楽しくなるでしょう」

「楽しくなるって、遊びに行くわけではありませんが」

「それは分かっています」

六の君は口先だけは承知したものの、楽しげな様子は変わらない。

「ところで、今回の尚侍さまの参内はごまかせたとしても、いよいよ夫をお持ちになる

話が持ち上がれば、そういうわけにはいきません。あなたさまが形ばかり婿入りしたのとはわけが違います」

かつて六の君は母の倫子に、いずれはきちんと小若君と入れ替わると約束している。その日を先延ばしにし続けて、今日まで来てしまったが、「六の君」が夫を持つ時――これが本当に最後の機会となるのは間違いない。

その時までには覚悟してください、という意味をこめて、賢子は言ったのだが、

「それについては、逃れる秘策を考えているから、ご心配なく」

六の君は妙な自信を見せて言った。

「秘策でございますか？」

「父上たちが私の夫にと考えているのは、東宮さまでしょう」

一片の衒いも見せずに、六の君は言う。

「そこまで弁えておいでなら、秘策などないこともお分かりでしょうに」

「何を言われる。相手が分かっているからこそ、手を打てるのではありませんか」

六の君の自信が揺らぐことはない。その後、賢子がどれだけ尋ねても、秘策とやらは教えてもらえず、

「それより、裳着の支度が調っているのですが、越後弁殿も御覧になりたいのではありませんか」

と、話を変えられてしまった。道長の娘の裳着の支度といえば、さぞや贅を尽くしたものであろう。賢子は出かける前、「お支度を見せてもらうのが楽しみだわ」と中将の君が浮かれていたことを思い出した。

「それはまあ、拝見したくないこともありませんが」

「女人というものは、煌びやかな衣裳が好きでしょう」

六の君が分かったふうな口を利く。

「あなたさまだって、女人ではございませんか」

賢子が笑うと、六の君はぷいと顔を背けた。それから立ち上がると、一人ですたすたと部屋を出ていってしまう。

「お待ちください」

賢子は慌てて六の君を追いかけた。案内されたのは小若君の部屋に近い一室で、そこには新品の唐衣や表着、真っ白な裳が衣桁に掛けられている。

「まあ、何て美しい。春らしく紅梅色ですのね」

賢子は感嘆の息を漏らした。少し触ってもいいかと尋ね、六の君の許しを得ると、賢子は恐るおそる唐衣の袖に触れた。光沢のある絹の肌触りが指先に伝わってくる。新しい装束に触れた瞬間の、身の引き締まるような緊張感と心の弾みを、賢子は同時に覚えていた。

たでしょうに……」

「鷹司殿（倫子）はこのお支度を、本当は六の君、あなたさまのためにご用意したかったでしょうに……」

この支度を調えた倫子の内心を思うと、さすがにしみじみした気持ちに駆られて、賢子は呟いた。

「母上はこれまで、姉上たち三人のお支度を調え、十分満足なさったはずです。何といっても、三人が三人ともお后になったのですからね。一人くらい変わり者がいても、そこはこらえてもらわなければなりますまい」

「あなたさまは女人として生きることに、窮屈さやつらさをお感じになられるのですか」

賢子は気づいた時にはそう尋ねていた。踏み込んだ問いかけをするにはまだ相手は幼すぎる、ずっとそう思ってきたはずなのに、なぜかこの時はその問いが口を衝いて出た。

すると、

「逆に越後弁殿にお訊きしたい。あなたは窮屈でもなければ、つらくもないのですか」

六の君は鋭い眼差しを向けて訊き返した。

「そうですね。まったく窮屈でないといえば嘘でしょうし、つらくないわけでもありません。ですが、殿方としての生き方に、窮屈さやつらさがないというわけでもないでしょう」

「それは、私とて分かっております。それでも、男にはさまざまな場が用意されている。自らの知恵、学問の知識、才覚を生かせる場が――。うまく仕事を成し遂げれば、人に認めてもらい、出世もできる。しかし、女人に何がありますか。人に認めてもらうには、身分ある父親の引き立てで、よい男を夫に持つしかありません。太皇太后のように立派な子を生せば、世間からも重んじてもらえるでしょうが、そうでなければ悲惨です。しかし、子を生せるかどうかなど、まったく本人の才覚と関わりない事柄ではありませんか」

思いがけないほど多くの言葉が、六の君の口から漏れた。六の君自身、なぜここまでしゃべってしまったのだろうと訝るような表情を浮かべている。

「あなたさまはそういうことを、しっかりとお考えになっておられたのですね」

賢子は優しく言った。

「これまでお話しくださらないから、私は分かっておりませんでした」

「別に語ったからといって、何かが変わるわけではないでしょう」

「そんなことはございません。私はあなたさまが小若君と入れ替わっていらっしゃるのは、すべて小若君を思いやるお優しさゆえと思っておりました。しかし、あなたさまご自身にもそうする理由があったのだと、確かに分かりましたもの」

「そこまで確かなことを考えて行動していたわけではありません。今までぼんやりとしていたものを、言葉にしたら、今のようになったというだけのことです」

「ご自分の考えをしっかり言葉にできるのは、あなたさまが賢いからでございます。今のお話は十分に納得できました。おっしゃることはすべて正しいと存じます」

六の君は無言で賢子から目をそらした。

「ですが、太皇太后さまのことだけは付け加えさせていただきとう存じます。あの方が世間から重んじられているのは、皇子さまをお産みになったからではございません」

横を向いた六の君は身じろぎ一つしなかった。

「私が太皇太后さまを尊敬するいちばんの理由は、お立場や責任からお逃げにならなかったことでございます。たいそう重くてつらいお役目だったことでしょう。私であれば、きっと逃げ出したくなったに違いありません。それなのに、あの方は一度も逃げず、歳月を重ねるごとに、重々しいお立場にふさわしくおなりです」

最後にもう一つだけお尋ねいたします――と賢子が言うと、六の君はそらしていた目を賢子に戻した。その両目をしっかりと見据えて、賢子は口を開く。

「女人として生きることは、それほどつまらないことなのでしょうか」

六の君は凝然と賢子を見つめ返した。

「答えは、あなたさまご自身がお出しください」

私にお返事していただく必要はございません――一気に言って、賢子は一つ息を吐いた。六の君はしばらくの間、凍りついたように動かなかった。

二

この年の二月、「六の君」は裳着を終え、嬉子と名乗ることになった。髪上げとも呼ばれるこの成人の儀に臨んだのは、小若君である。

そして、いよいよ小若君が尚侍「嬉子」として参内することになった。賢子と中将の君、小式部もまた、小若君に付き従う女房たちに交じって、宮中へ上がる。

「主上も中宮さまもお若くていらっしゃるから、太皇太后さまの御所より賑やかで楽しそうだわ」

と、小式部はうきうきしているし、

「私は日々、小若君、いえ、尚侍さまのお世話ができると思うと、やる気がみなぎるわ」

と、中将の君も張り切っている。

(小式部は白兎の君と毎日逢えるのが嬉しいだけだし、中将の君は尚侍さまと女同士、仲良くおしゃべりするのが楽しいだけ。まったくもう)

賢子が二人と違って、華やかな宮中の暮らしを心から楽しむ気持ちになれないのは、六の君のことが気にかかっているためかもしれなかった。

（六の君は女人として生きるのがどういうことか、考え始めておられる）

それがどういう結論に導かれるのかは分からなかったが、今はそれを待ちたいと思う。気がかりではあるが、下手な口出しをするべきではないし、賢い六の君ならば、本人にとって正しい結論を出せるのではないか。

その六の君は相変わらず、小若君のことが心配らしく、毎日のように小若君が宮中に賜った部屋へやって来るのだが、

「尚侍さまはただ今、御物（ぎょぶつ）についてのお話を聞いておられるところですので」

「中将の君とお琴を弾いておられますが、お伝えいたしましょうか」

取り次ぎの女房からはそんなふうに言われることが多い。尚侍の仕事にせよ、手慰みの趣味や遊びにせよ、小若君はこの宮中でそれなりに忙しく、楽しく、充実した日々を送っている——そのことが六の君にも伝わるのだろう。そういう時、六の君は尚侍への取り次ぎを断るようになってしまった。

そんなある日のこと。

六の君が訪ねてきた時、尚侍は数日後の宴の衣裳を調えており、取り次ぎに出た賢子がその旨を伝えた。「尚侍さまにお伝えいたしましょうか」と問うと、六の君は後でいいと言う。しばらく待つつもりらしく、人のいない端の方に座った六の君は、庭を見やりながらぼんやりとしていた。

「お寂しいですか」

賢子は六の君の近くへ行き、そっと声をかけた。

「別に……」

六の君はぷいと横を向いてしまう。

「けれども、小若君は……いや、尚侍はあの邸から外へ出てよかったと心から思います。私は結局、あの子のために何もできていなかったのかな」

賢子の方を見ずに呟くその横顔は、やはり寂しそうであった。賢子が黙って六の君に寄り添っていたら、

「賢子っ」

元気な声と共に突風が吹きつけてきた。

「東宮さま」

賢子と六の君は同時に声を上げる。東宮敦良親王はこの年、十一歳になった。六の君に目を向けると、満足そうにうなずき、

「長家も来ていたのだな」

と、言う。敦良は六の君を完全に長家と思い込んでいるらしく、鷹司殿の邸で暮らしていた時と同様、今も自分の遊び相手と見なしているらしい。遊び相手といえば賢子もその一人で、尚侍に付き従って宮中へ来たことをたいそう喜んでいた。

「長家とならば蹴鞠ができるが、賢子はできないな。今日は、何をして遊ぼうか」

楽しげに言い始めた敦良に、

「ここは尚侍さまのお部屋ですから、おいでを尚侍さまにお伝えいたしませんと」

賢子が忠告した。いくら何でも、尚侍を無視して遊び始めるわけにはいかない。すると、

「尚侍は何をしている」

と、敦良は少し不機嫌そうな口ぶりで問うた。宴の衣裳を調えていると告げると、

「ならば、伝えるのはそれが終わってからでよい。ついでに、余が参っても相手をするには及ばぬ、と伝えておけ」

と、敦良は言った。

「そんなおっしゃりようをなさっては、尚侍が気の毒です」

と、六の君がたまりかねた様子で口を挟む。敦良は六の君をまじまじと見つめ、

「長家は相変わらず尚侍に甘いな」

と、諭すような調子で言った。

「そ、それは、まあ」

六の君が敦良から目をそらして、口を濁す。

「余はかつて尚侍と同じ邸に暮らしていたが、尚侍の顔を見たこともなく、口を利いた

こともなかった。しかし、尚侍が参内して以来、皆が尚侍のことを余に聞かせる。主上も尚侍のことを気にかけてやるようにとおっしゃる。なぜか分かるか」

　敦良はそう言って、六の君と賢子の顔を交互に見据えた。もちろん分かっていたが、敦良に向かって言うわけにはいかない。まして、当の六の君は返事に窮していることだろう。二人とも無言を通したところ、

「いずれ、尚侍を余に侍(はべ)らせるつもりだからだ」

　と、敦良は言った。

「そうなんですか……」

　としか、賢子は言えなかった。六の君は横を向いて黙っていたが、異母妹をかわいがる兄の態度として不自然でなかったためか、敦良は何も思わなかったようだ。

「だが、余は尚侍のことなど何とも思っておらぬ」

　敦良は淡々とした口ぶりで、悪びれもせずに言った。

「それは、まだ尚侍さまのお顔もお人柄もご存じでないからです。知っていかれるうちに、お気持ちは変わるかもしれません」

　執り成すように賢子は言ったが、「そうだろうか」と、敦良は疑わしそうである。

「余がここへ参るのを、皆は喜ばしいことのように言うが、余がここへ来るのは尚侍に会うためではなくて、賢子たちに会うためだ。それに、近頃は長家もここにいることが

多いしな」

「はあ……」

「それより、今日は小式部はおらぬのか。衣裳をそろえる手伝いとやらをしているのか」

敦良は思い出したふうに、辺りを見回しながら問うた。

「いいえ、そちらにはいないと思いますが……。そういえば、見当たりませんわね。また、どこかで暇をつぶしているんですわ」

公成と一緒にいるのではないか。目立たぬふうに仕事を怠けるのだけは上手いのだから——と、内心で思っていたら、

「公成の面白い話を聞かせようと思ったんだがな」

と、敦良が言い出した。

「あら、閑院右少将さまの面白いお話とは何ですの」

賢子は友の恋人の面白い話題に食いついた。六の君も少し興味を惹かれたのか、目を敦良に戻している。

「公成が閑院右大臣の子になり、大事にされているのは知っているか」

敦良の言葉に、賢子は「はい」とうなずいた。

「祖父君のお子になられたのは存じておりますし、ご出仕の折には右大臣さまが右少将

さまのお帰りを待ち、ご一緒に牛車でお帰りになると聞いたこともございます」

「実は、先だっての寺の法要の際、余はその二人と一緒の車に乗った」

　と、敦良はおもむろに語り出した。

「まあ、右大臣さまたちのお車に……」

「そうしたら、まあ、右大臣のよくしゃべること。それも、中身は公成のことばかりなのだ。二言目には『くれぐれも公成に目をかけてやってくださいませ』とくり返す。いい加減、聞き飽きたが、最後の方は笑い出すのをこらえるだけで必死だった」

　言い終えるなり、その時のおかしさがよみがえったのか、敦良はあははっと声を上げて笑い出した。その様子を見ていると、おかしさが移ってきたようで、賢子も六の君も笑い出してしまった。

「右大臣さまの親心といいますか、祖父心といいますか、哀れ深いお話でございます。ですが、この場に小式部がいれば、どんなに楽しかったか。残念ですわ」

　笑いながら言う賢子に、

「越後弁殿は意地が悪いですね」

　と、六の君が苦笑を浮かべて言った。

「目の前で笑ったら、小式部殿が気の毒ではありませんか」

「あら、別に小式部を笑うわけではありませんわ。それに、あの人がこのくらいでへこたれたりするものですか。今この場にいたら、小式部はこう申すはずです。『私、そういう柔な殿方が好きなんですの』って」

「そうか。小式部は公成の柔なところが好きなのか」

敦良が妙なところに納得する様子を見せたので、

「別に、それだけに惹かれたわけではないでしょうが」

と、賢子は慌てて言い直さねばならなかった。

「ところで、東宮さまは越後弁殿のことは賢子と本名でお呼びになるのに、他の女房のことはそうしておられませんよね。そもそも女房を本名で呼ぶことなどありませんのに、どうしてなのですか」

六の君が不思議そうな、それでいて、どこか気がかりそうな目を、敦良と賢子のそれぞれに向けて問うた。

公家に生まれた女子は、子供の頃は童名(わらわな)で呼ばれたり、生まれた順番で「六の君」などと呼ばれたりするのだが、成人すると名を付けられる。「六の君」が「嬉子」と付けられたのがそれで、賢子という名前も同じだ。生まれてすぐ、賢子と付けられたわけではない。

そして、女房として出仕すれば、それとは別の呼び名を職場で頂戴する。賢子の場合は、祖父が越後守だったのに因(ちな)み、彰子が「越後弁」と付けてくれた。そのため、賢子と呼ぶのは親などの身内くらいである。主人である彰子からも、恋人である兼隆からも、賢子などと呼ばれたことは一度もない。

それなのに、敦良がどうして賢子と本名で呼ぶのか、六の君が気に留めたのも無理からぬことであった。

「そういえば、そうだな。どうしてかな」

敦良は自分でもよく分からないというふうに首をかしげている。

「東宮さまはお忘れのようでございますが、かつて越後弁とは呼びにくいと駄々をこねられたことがあり、名前は何というのかと尋ねられました。それで、賢子と申し上げたら、その方がずっと呼びやすいとおっしゃって」

その後、賢子という呼び方で定着してしまったのだと、賢子は告げた。

「そうだった。小式部や中将は呼びやすかったが、越後弁は呼びにくいと思ったのだ」

敦良もその時のことを思い出したらしい。

「ですが、考えてみれば、東宮さまが私を本名で呼ぶのはおかしゅうございます。ご身分柄、私を呼び捨てになさるのはかまわないのですが、本名はやはり身内の呼び方でございますし」

賢子が遠慮がちに言うと、

「夫や将来を契った相手であれば、別にかまわないのでしょう？」

いささか唐突な感じで、六の君が言葉を返してきた。

「ですが、東宮さまは……」

私の夫でも、将来を契った相手でもない——さすがにあからさまに言うのは躊躇われたが、その瞬間、かつて六の君から聞かされた言葉がよみがえった。

——東宮さまがあなたへの想いを遂げるための手助けをする。

賢子は思わず六の君の顔にまじまじと見入った。

(まさか、まだそのお考えを捨てておられなかったのかしら)

ふと、六の君の口にしていた「秘策」とやらも思い出された。「六の君」の東宮入内を阻む秘策とは、もしや東宮の心を別の女に向けさせ、その口から「六の君」の入内を拒ませるということか。

(でも、東宮さまは……)

はっと我に返った時、敦良と目が合った。賢子を見つめていたらしい敦良はなぜか、きまり悪そうに目をそらしてしまう。そんな敦良の様子を、六の君はじっと見ていた。

賢子はそのことに気づいてしまった。

三

末の娘である「六の君」が無事に裳着を終え、参内を果たした後、道長は出家を遂げた。

左大臣藤原顕光の次女で、小一条院の女御であった延子が悲嘆の中で死んだのは、そのひと月後のことである。賢子たちはその話を宮中で耳にしたのだが、

「左大臣さまのお嘆きは深く、必ずや前摂政さまに報復するとお誓いになったそうよ」

と、噂を伝えてくれた小式部は言う。その言い分の良し悪しは別として、顕光がそうした無念に駆られる気持ちは理解できる。

「前摂政さまのおそばには安倍吉平殿が付いているのでしょ。もしかして、蘆屋道満の呪法を吉平殿が呪詛返しにしたのかしら」

賢子たちはそんな噂をし合っていたが、真相は分からない。

「でも、呪詛返しで女御さまがお亡くなりになったとしたら、そんなお気の毒なお話はないわよね。小一条院さまのことで、最も嘆き悲しまれたのは女御さまなのに」

「さすがの小一条院さまも放ってはおけず、堀河殿に足を運んで、遺された皇子さまたちをお慰めしているそうよ」

「父親として当たり前だわ。そもそも、小一条院さまの冷たさが原因でもあるんだから」

と、噂話が弾むのは、この宮中では三人一緒の局に寝泊まりしているからであった。

本来、一人ずつの局を宛てがわれてしかるべきところだが、もともと尚侍付きの女房で

もないため、贅沢は言えぬ立場である。

「これじゃあ、親しい方とゆっくり過ごすこともできないじゃないの」

小式部が尚侍付きの女房たちに食ってかかり、

「そういう時は狭いですが、空いている局を一つご用意いたしますので」

という言質を引き出した。

「私が使わない時は、越後弁も粟田参議さまをお呼びしていいのよ」

などと、小式部は得意げに言っていた。しかし、小一条院の女御の死後まだ日も浅い頃は、宮中もひっそりと静まり返っている。帝や東宮、中宮、尚侍は喪に服さねばならぬ立場ではなかったが、道長一家を恨む立場の者が亡くなった以上、身は慎まねばならない。

そんなある夜のこと。中将の君は尚侍のそばに付き添うと言い出した。

「なあに、添い臥しでもなさるつもり？」

添い臥しとは言葉通り、そばに添い臥すことだが、男の初夜の手ほどきを意味することがある。身分の高い男の場合、年上の女がその役を担い、そのまま妻となることも多い。

小式部の問いかけは、その意味を踏まえたものであったが、

「尚侍さまが心細そうでいらっしゃるから、おそばにお付きして差し上げるのよ」

と、中将の君は真面目に言い返した。

「呪詛とか呪詛返しとかはともかくとしても、亡くなった女御さまが高松殿の女御さま（寛子）を恨んでいたのは確かでしょ。尚侍さまとは同母のご姉弟でいらっしゃるわけだし、おそばでお守りして差し上げたいの」

「本当に、それだけなのかしらね」

小式部はからかうように笑っていた。

「他に何があるのよ」

中将の君は怒って出ていったが、

「あれは、きまり悪さを隠そうとしているんだわ」

と、小式部は自信たっぷりに言った。

「中将の君と尚侍さま……小若君の間に、何かあるっていうこと？」

賢子は驚きの目を小式部に向けた。

「不思議なことじゃないでしょ。小若君は男なんだし」

「それはそうだけれど……」

尚侍として女房装束を身にまとった小若君は、どこから見ても麗しい乙女（おとめ）そのものであったが……。

「今は何もなくても、いつかはそうなるわ」

小式部の物言いには揺るぎがない。

「でも、あの二人、女同士の仲良しさんにしか見えないけれど……」

首をかしげる賢子のことを、「あなたに見る目がないからよ」と、小式部は決めつける。

「こういうことに関して、私の勘は外れたことがないの」

小式部は肩にかかる重たげな髪を、振り払いながら言った。

賢子と小式部が噂話に花を咲かせていた頃、当の中将の君は尚侍の寝所へと足を踏み入れていた。

「尚侍さま、失礼いたします」

几帳で仕切られた寝所の区画には、二人分の褥が敷かれており、灯台には火がともっていたが、たいそう暗い。片方の褥に横たわっていた小若君は、

「ああ、中将の君。よく来てくれました」

と、身を起こして、明るい笑顔を見せた。真っ白な寝巻姿で、長い黒髪は数か所を紐(ひも)で縛り、枕元に置かれた蓋のない打乱箱(うちみだればこ)にしまわれている。小若君が起き上がるのと同時に、髪の一部は箱からはみ出したが、中にはまだ豊かな黒髪が動きもせずに溜(た)められていた。

髪が重くてならないという様子で、軽く頭を振ったその様子は何とも優雅で、愛らしい。中将の君は一瞬、小若君のしぐさに見とれていたが、

「中将の君、どうかしましたか」

と、小若君から訊かれ、慌てて何でもないと答えた。中将の君は裳と唐衣こそ脱いでいたが、ふだんの袿姿である。

「あなたも上の衣を脱いで、横におなりください」

小若君が優しく告げたが、「とんでもないですわ」と中将の君は真面目に首を横に振った。

「私は尚侍さまが安らかにお休みになれるようにと参ったのでございますもの。ここで寝ずの番をしておりますわ。たとえどんな物の怪が参ろうとも、私が追い払いますゆえ、尚侍さまは安心してお休みくださいませ」

中将の君が胸を張って言うと、小若君はくすっと笑い声を漏らした。

「あなたは本当にお優しいのですね。わたくしがちょっと眠れないと言ったら、こうして来てくださって、夜を徹して守ってくださると言う」

その物言いが妙にからっとしていたので、中将の君は少し不思議に思った。

「小一条院の女御さまの祟りを、不安にお思いだったのではありませんか」

「それもないわけではありませんが、本当はあなたとこうして、夜を共にしてみたかっ

たのです。あなたとおしゃべりしながら、過ごすのはどんなに楽しいだろうって」

こんな時に不謹慎ですが……と、小若君はうつむいた。

「……怒っていらっしゃいますか」

中将の君の顔色をうかがうように、小若君が上目遣いに問う。

「いいえ。尚侍さまとご一緒に過ごせるひと時は、私にとって楽しみ以外の何ものでもありませんから」

中将の君はなぜかどぎまぎしながら、何度も首を横に振った。

「参内してから、あなたはわたくしを尚侍と呼びますが、その度に、どことなく寂しい思いをしておりました。だって、尚侍という呼び名は本当は六の君のもので、わたくしのものではありませんから」

「ですが、宮中で小若君とお呼びするわけにも……」

「それは分かります。だから、今この時だけでかまいません。今だけは、鷹司殿のお邸にいた時のように、小若君と呼んでくださいませんか」

澄んだ瞳を向けて頼まれると、とうてい断る気にはなれず、

「……かしこまりました」

と、中将の君はうなずいた。その後、小若君に言われるまま、中将の君は袿姿のまま褥に横たわった。眠るつもりは元からなかったし、寝巻姿を見せるわけにもいかなかっ

た。

　それから、二人はいつものようにあれこれとおしゃべりをした。小若君はいつになく饒舌で楽しげであり、

「誰かとこんなふうにおしゃべりしながら寝るのは、本当に久しぶりです」

　と、はしゃいだ声で言う。

「前にも、どなたかとこんなふうに？」

「小さい頃のことです。鷹司殿のお邸に引き取られ、毎晩泣いてばかりいたわたくしに、六の君が寄り添って一緒に寝てくれたのです。その時から、六の君はわたくしにとって大切な人になりました。本当は妹ですが、姉のようでもあり、兄のようでもあり、弟のようでもある……」

「分かりますわ。六の君も小若君を本当に大切にお思いになっておられますもの」

「わたくしたちは、この世に二人だけがいればいいと、よく言い合っていました。他の人なんて要らない。いつまでも、二人だけで一緒に生きていこうって。幼い頃は、本当にそれで十分だと思っていたのですが」

　小若君の言葉はそこでいったん途切れ、しばらくの間、沈黙が落ちた。中将の君は何か言おうと思ったが、何を言えばいいのか分からず、口をつぐみ続けるしかなかった。

小若君がこの先、何を語ろうとしているのかは見当がつかなかった。

「いつ、とははっきり言えないのですが、六の君の心が少しずつわたくしから離れていったのが分かりました。別に、六の君が冷たくなったとか、よそよそしくなったりしたわけではありません。けれども、分かるのです。わたくしたちはずっと、二人で一人のようなものでしたから」

「それは、お寂しかったことでございましょう」

ようやく言うべき言葉を見つけ、中将の君は口を開いたが、その慰めの言葉は「いいえ」という静かな声に遮られた。

「実はそうでもなかったのです。六の君の心が離れていくのとほぼ時を同じくして、わたくしの心も六の君から離れていっていましたから」

「……えっ」

「これも、六の君が疎ましくなったとか、嫌いになったとか、そういうわけではないのです。それなのに、わたくしたちの目は少しずつ別の方を向き始めていました。互いに別々の景色を見たいと思うようになってきたのです」

今にして思えば――とそれまでにない強い声で言い、小若君は体を横向きにしながら、中将の君をじっと見つめてきた。

「先ほど、いつとははっきり言えないと申しましたが、もしかしたら、あなた方がわたくしたちの前に現れた時だったかもしれません。いや、そうなんだ。あなた方がわたくしたち二人の間に割って入り、違う景色を見せてくれたあの時から……」

「それって、私たちがお二人の仲を壊してしまったということなのでしょうか」

　不安げな声で、中将の君は問い返した。

「違います。あなた方のお蔭で、わたくしたちは新しい道を見出すことができたのですよ」

　小若君は上掛けの衾（ふすま）をそっと剝ぐと、中将の君に手を伸ばしてきた。つられて差し出した中将の君の手を、小若君の両手が力強く包み込む。思っていたより大きな小若君の手に、中将の君は少しばかり動揺していた。

「あなた方と言いましたが、わたくし自身はあなたのお蔭で勇気を持つことができました。暗い邸の外へ出ることができたのは、すべてあなたのお蔭です」

「小若君……」

「これからもずっと、わたくしのいちばん近くにいてくださいますか」

　小若君の目が灯台の火を受けて、明るく瞬いている。それが少し潤んでいるように見え、中将の君はすぐに言葉が出てこなかった。

「……もちろんですわ」

　少しかすれた声でようよう答え、中将の君は手を引こうとしたができなかった。その手は思いがけない力強さで、小若君に握り締められていたからであった。

尚侍として過ごす小若君のもとへ、長家として出仕する六の君が現れ、人払いを願い出たのはそれから数日後のことである。

「待っていました、六の君」

小若君は六の君と二人きりになった席で、その目をじっと見つめながら言った。

「そうでしたか。私がこれから言おうとしていることも、分かっておられるようですね」

「わたくしたちはおそらく、同じことを考えているのだと思います」

小若君の言葉に、六の君は静かにうなずき返した。

十章　あかねさす

一

それから一年余りが過ぎた、寛仁四（一〇二〇）年の秋。

賢子は一人で鷹司殿の邸へ向かった。ここにいるのは、道長と倫子の末娘の六の君――いや、尚侍の嬉子であった。嬉子は来年の春、東宮敦良親王のもとへ入内することが決まっている。

一方、道長と明子の息子で、倫子の猶子となっていた長家はここしばらく、体調が思わしくないということで、あまり人目に触れない生活を送っていた。

すべては、嬉子の髪がそこそこ伸びて、後は付け毛のかもじで何とかごまかせるようになるまでの措置である。

長家と嬉子が入れ替わって過ごしてきたそれまでの日々に決別し、それぞれ本来の自分に立ち返って、その後の人生を送る――そう決めたのがちょうど一年余り前。嬉子の髪が伸びるまでは、長家が尚侍「嬉子」として振る舞わねばならないからであった。

賢子が鷹司殿の邸を訪れるのは、嬉子から呼ばれたからである。

「二人だけで話がしたいのです」

と、嬉子は伝えてきた。

かつては小若君が使っていた部屋に、嬉子はいた。御簾なしで対面した嬉子は座っていれば、すでに先端が床に付くほど髪が伸びている。身に着けている衣裳はもちろん女人のもので、この日は実家にいるため、普段着の袿姿であった。

女人の格好をした嬉子を、賢子が見るのはこの時が初めてのことである。

「まあ、尚侍さまとそっくり」

賢子は思わず呟いていた。尚侍とは本来はこの目の前の嬉子のことなので、おかしな言い種であるが、ここで言う尚侍とは長家のことである。

もともと顔立ちが似ていればこそ入れ替わった二人であったが、こうして再び元に戻った姿は、よく見なければ入れ替わったことが分からぬほどであった。

「いえ、本当に優美なお姿になられました。何よりも喜ばしいのは、あなたさまがご自分のお考えで、そのお姿になられたことでございます」

賢子は心からの言葉を述べた。しかし、嬉子の顔には憂いが刷かれている。

「今日、越後弁殿に来ていただいたのは、どうしてもお尋ねしておかねばならないことがあったからです。わたくしが東宮さまのおそばへ上がる前に」

賢子はその言葉に無言でうなずいた。

「以前、わたくしはあなたに申しました。東宮さまはあなたをお気に召しておられるだろう、と」

賢子は何とも言わなかった。謙遜するところでも、きまり悪く思うところでもなかった。

嬉子の敦良に対する気持ちには、嬉子と長家が元に戻ると決断する前から気づいていた。だが、敦良の自分に対する気持ちは分からない。嬉子の言うような気持ちを仮に抱いていたのだとしても、その先に喜びを味わえるような何かが、敦良にも自分にもあるとは思えなかった。

「その時のことはよく覚えております。私が本気で受け止めようとしなかったことも」

賢子は嬉子の目をしっかりと見て言った。嬉子は瞬き一つせず賢子を見つめ返してくる。

「話の中身に驚いたのは無論ですが、あなたさまの当時のお心持ちは、殿方がご友人の恋を後押しするといった類に思われました。違っておりましたでしょうか」

「いいえ、違っておりません。あの時のわたくしは、本気で東宮さまのお心を満たして差し上げたかった」

嬉子は躊躇うことなくはっきりと答えた。だが、その表情は苦しそうに見える。

「私はあなたさまのお話を聞き流し、まともなお返事も差し上げませんでした。あなたさまに私の気持ちを正直に打ち明ける必要を感じなかったからです。ですが、今はそうしてはなりませんでしょう。あなたさまは女人としてお話をなさっておられる。ですから、私も女としてお答えしようと思います」

嬉子が尋ねたいことはすでに分かっていたが、賢子は表情を改め、「何でもお尋ねください」と述べた。

「越後弁殿、あなたは東宮さまをどう思っているのですか」

嬉子は一息で言い、賢子はわずかに顎を引いてから、おもむろに口を開いた。

「東宮さまは私の主人である太皇太后さまの大切なお子。心をこめてお仕えし、お守りしなければならぬと思っております。その気持ちは太皇太后さまや帝に対するものと変わりはなく、それ以上のものではないと、はっきりお誓いいたします」

賢子が口を閉ざしてから、わずかな沈黙が落ちた。それから、嬉子は小さな安堵の息を漏らす。

「越後弁殿にはお慕いする人がいるのですか」

それまでとは違い、緊張の抜けた声で嬉子は尋ねた。賢子は口もとに微笑を浮かべ、

「はい。皆さまともご血縁に当たられる粟田権中納言さま（兼隆）をお慕いしておりま

す」

と、答えた。兼隆は先年、権中納言に昇進している。

「そうだったのですか。あなたがあの方の妻になったと聞いたことはなく、存じませんでした」

「何があっても切れない絆を結ぶのは、難しいものでございますわ。親が婿取りをしてくれて、そのお世話をしてくれるのであれば別ですけれど……」

「そう……なのですね」

嬉子はそっと目を伏せて続けた。

「わたくしは、親が娘の婿取りをするのは当たり前と思ってきました。我が家はまた少し違うでしょうが、婿の世話をしない親などいないのだ、と。でも、よく考えてみれば、親のいない娘だっているでしょうし、親にその力がないことだってある。わたくしはそんなことにも気づけないほど、世間知らずでした」

うつむいたままでいる嬉子の頰に、黒髪が少し落ちかかり、陰を作っている。少し悩ましげなその姿は、嬉子をそれまでよりずっと大人びて見せていた。

「粟田権中納言さまは私のような者とは釣り合わぬお方です。けれども、私を正妻にしたいと言ってくださいました。そのお気持ちは本当にありがたかったのですが、私にも宮仕えを続けたいという望みがあり、思うようにいかない時もあったのです」

「まさか、お二人の仲が壊れてしまったわけではありませんよね」

嬉子が顔を上げ、真剣な面持ちで問うた。賢子はにっこりと微笑み返す。

「壊れてはおりません。あの方は私を一本(ひともと)の紫草に、ご自身を野の風にたとえ、紫の一本を靡かせるためだけに吹きつけるのだと、歌にしてくださいました。私はそのお気持ちが本当に嬉しかったのです」

野には数多(あまた)の花が咲いているのに、紫草一本のためだけに吹くと言ってくださったのですから——と、賢子は続けた。

「そんなふうに言ってくださる方をどうして、お慕いせずにいられましょうか」

そう告げる賢子の顔を、嬉子は感動と羨望のこもった目で見つめていた。

「そのことを、東宮さまにも申し上げるつもりでございます」

賢子の言葉に、嬉子は静かにうなずき返した。

賢子が東宮敦良と顔を合わせたのは、同じ年の冬、敦良が彰子のもとへやって来た時のことであった。

敦良は来年の春で十三歳となり、元服が予定されている。そのことを彰子に報告する態度は、東宮となったばかりの頃よりずっと立派であった。さらに、

「一宮の兄上（敦康親王）が亡くなられて、もう二年になるのですね。三回忌の法要を

前に、お嘆きも募ることと存じますが、お体を壊されることなどありませんように」

母の心と体を気遣う姿には、彰子も周りにいた女房たちも目頭を熱くしている。賢子もまた、同じであった。

（東宮さまはもう幼いお子ではいらっしゃらないのだわ）

寂しいような気持ちも湧いてこないわけではないが、やはり喜ばしさで胸がいっぱいになる。

敦良が彰子への挨拶を終えた後、賢子は少しだけお話ししたいことがあると申し出た。すると、敦良は少し考えるふうに沈黙していたが、

「前に二人で行った築山へ登りたい」

と、言い出した。敦良が東宮となった挨拶に来た日、紫の瑞雲を見た場所である。

「かしこまりました。お話はそちらでいたしましょう」

賢子は敦良付きの女房たちに事情を話して付き添いを断ると、二人で庭へ出て築山を目指した。築山に到着するまでの間、賢子の少し前を行く敦良は一度も振り返らず、口も開かなかった。

小さな築山ではあるが、頂上まで登ると、見える景色が一気に変わり、心も広々とする。空はよく晴れており、築山には午後の陽が降り注いでいたが、吹き寄せてくる冬の風は思った以上に冷たかった。

「前の時は秋でございましたから、風もさわやかでございましたが、さすがに今の季節は違いますわね」

賢子は敦良の横顔に声をかけたが、敦良は無言であった。前は地面に座り込んでいた敦良だが、今日は立ったままじっと動かない。賢子もその傍らに立ったまま、寄り添い続けた。

「賢子……とはもう呼ばない方がよいのであろうな」

敦良はややあってから、不意に言い出した。その時も、あえて賢子の方は見ないようにしている。

「さようでございますね。東宮さまのようなお立場の方から、名で呼ばれますと、周りの者がどういう間柄なのかと疑いの目を向けることも、これからはございますでしょうから」

賢子は言葉を選ぶようにしながら、しっかりと語った。そして、一度深呼吸してから、嬉子の顔を思い浮かべ、改めて口を開いた。

「それに、来年には尚侍さまもおそばへ上がられることでございましょう。尚侍さまがお耳になさったら、あまりよい気持ちはなさらないのではないかと存じます」

「越後弁」

敦良は初めて、賢子のことをそう呼んだ。

「はい」

賢子が落ち着いた声で返事をすると、敦良はゆっくりと賢子に目を向けた。

「余にとって、そなたは格別な人だった」

賢子の顔に目を据え、敦良は淡々と語る。その目は寂しげな色を湛えていたが、水のように冷たく澄んでいた。

「そなたがいてくれたから、余は母上を恨まないでいられたのだ。母上との仲がこじれないですんだのは、そなたのお蔭と思っている」

曇りのない声で敦良は告げた。

「もったいないお言葉でございます」

「余は、添い臥しをそなたに申し付けたいと思っていたんだがな」

案外本気のように聞こえる口ぶりで、敦良は言う。しかし、その物言いはすでに過去を語るものであった。

賢子はにっこり微笑むと、

「それは、入内なさる尚侍さまにお任せなさいませ。東宮さまはきっと一目で好ましい人だとお思いになるはずです」

と、確信に満ちた声で敦良に告げた。

冬の空を真っ白な雲が静かに流れていった。

二

翌年の春、嬉子は兄である内大臣頼通の養女となり、無事に東宮敦良への入内を果たした。実父である道長がすでに出家の身であったためである。

その行事が無事に済んだ頃には、長家も立派な公達としての姿を取り戻していたのだが、同じ年、病で臥せっていた妻を亡くした。入れ替わっていた時、六の君が婿として通い始めた藤原行成の娘である。幼くして夫婦となった二人だが、長家の妻はわずか十五歳で逝ってしまった。

長家本人と共に過ごした時は短く、そのことを妻に申し訳ないと、長家は悔やみ、喪に服した。中将の君はそんな長家を黙って見守り、その後もずっと寄り添い続けている。

そして、長家の妻の逝去からふた月もしない五月、左大臣顕光が死去した。

「私は都を去ろうと思います」

顕光の子である無名法師は、最後に彰子のもとへ挨拶に来て告げた。

「あなたがいてくださったから、兼隆殿や頼宗殿が蘆屋道満とやらの手に落ちずに済みました。左大臣殿も最後の時をあなたと過ごすことができて、救われたことでしょう」

「妹の女御（延子）を死なせてしまったことが悔やまれます。あれが呪詛返しによるものだったのかと思うと……。しかし、その悲しみが父を正気に返らせ、道満を遠ざけるきっかけにもなったようでした」

道満の行方は分からないがくれぐれも気を付けてください、と言い残し、無名法師は立ち去った。

その後、堀河殿の邸と土地は彰子の計らいにより、道長が買い上げた上、亡き顕光の長女元子の一家が暮らせるようになった。また、そことは別の一角には、頼宗の一家も暮らしている。頼宗の妻の伊子はかつて道長に敗れ、権力の座を追われた故内大臣伊周の娘である。

道長を恨んでいると思われる顕光や伊周の縁者が、せめて心の安らぐ暮らしが送れるように——という彰子の配慮によるものだった。

そして、それから四年の歳月が経った万寿（まんじゅ）二（一〇二五）年、東宮の御息所となった嬉子は懐妊していた。秋には東宮の第一子が生まれる予定である。

賢子はこの一年前、兼隆の娘を産んでおり、すでに母となっていた。

間もなく東宮の子が生まれようという少し前、賢子は敦良と嬉子に呼ばれ、参内した。

「越後弁殿には生まれた子の乳母になってもらいたいと思っているのです。お引き受けいただけるかどうか、それを聞きたくてお呼びいたしましたの」

と、嬉子は言った。

「すでに、母上にはお話しし、お許しをいただいてある」

と、傍らで敦良が言う。皇子か皇女の乳母となれば、そちらに付き切りということになるので、これまで通り、彰子のそばに仕え続けるわけにはいかない。

「太皇太后さまがご承知のことでしたら、私に否やはございませんが……」

とは答えたものの、もしも生まれてきたのが皇子であれば、ゆくゆくは天皇として即位する見込みが高くなる。当然、乳母は何人もつけられるのがふつうで、賢子はその中の一人ということであった。

乳母とは、いわゆる授乳を行う者と、世話係、教育係を担う者とがいる。賢子に期待されているのは後者であった。また、幼少期だけ仕えて終わりという仕事ではなく、生涯ずっと育ての君にお仕えするものとされている。特に皇子の乳母ともなれば、乳母本人だけでなく、その夫と実子も含め、育ての君に奉仕しなければならない。その分、育ての君が成人し、権力を手にした場合には、その見返りも大きくなる。

「越後弁殿は今、生まれてくる子が皇子ならよいと、思ったのではありませんか」

気がつくと、嬉子が少し悪戯（いたずら）っぽい目で賢子を見つめていた。

帝や東宮の子を産もうという女人にとって、子の性別は非常に深刻な悩みともなる問題だ。彰子などは皇子を二人も産んだから、一族の間でもその立場が重んじられているが、次の妹の妍子は皇女を一人産んだだけで、そのためにつらい思いをしたことは想像に余りある。

　だから、嬉子もひどく敏感になっているのではないかと思われたが、さすがに男として過ごした時期があるせいか度胸が据わっており、本人はあまり深刻そうではない。

「さようでございますね。皇子さまのご誕生は誰にとっても喜ばしいことでございますから、それを願う気持ちは私もふつうに持っておりますが、それとは別に……」

と、賢子は言って、嬉子の悪戯っぽい笑みに応じて、自分も明るく笑ってみせた。

「御乳母のお話を聞かされました以上、もしかしたら、私も帝の御乳母になる道が開けるのだろうかと思ったのは確かでございます。お后さまは別として、女としてこれ以上はない出世の道でございますから」

「女が出世だと？　変わったことを言うものだな」

　敦良が目を丸くし、首をかしげた。

「何を仰せでございますか」

　すぐに言葉を返したのは、嬉子であった。

「女人が殿方のごとく、出世を望んで悪いことなどありますまい」

「それは、まあ、悪くはないが……」

　嬉子に咎められ、敦良はたじたじになる。それでも、どうにか態勢を立て直すと、

「しかし、そもそも帝の乳母になることが、女人の出世になるのか」

と、言い返した。

「なりますとも」

賢子は澄ました顔で答えた。

「お育てした君がご即位あそばされれば、乳母は官位を授けられましょう」

もしも三位（さんみ）の位を頂戴することができれば、それは男ならば公卿に相当する身分である。上流の公家でなければ授かることのできぬ官位だ。賢子がもしも男であれば、おそらく一生かけても、公卿にはなれなかったろう。また、賢子にとっては女房の先達である母の紫式部も官位は持っていなかった。

「私は宮仕えに出て以来、ずっと母を引き合いに出され、比べられてきました。もとより母のように物語を書く才能などはなく、母君には及ばないわね、と言われることもしばしば。それでも私が官位を授かれば、もう誰も私を母と比べたりはいたしませんでしょう」

賢子が言うと、敦良はあきれたような表情を浮かべた。

「そんなことのために、出世したいのか」

「母を超えたいと思うことは、私にとって大事な生き甲斐でございますわ。だからといって、母と不仲というわけではございませんが……」

賢子の言葉に、嬉子は満足そうな笑みを浮かべた。

「越後弁殿に育ててもらえれば、皇子であれ皇女であれ、立派にたくましくなってくれそうですわ」

腹帯の上に手を置いて、仕合せそうに嬉子は言う。

「まったくだ」

と呟いて、敦良が笑い声を漏らした。満ち足りた笑顔であった。

「皇子であることを願う気持ちはわたくしにもありますが、皇女を越後弁殿に育ててもらうのもよいものではないかと思えてまいりました」

と、敦良に言う嬉子の笑顔は輝いている。そこには、入内前には見せることのなかった安らぎと温もりが確かにこもっていた。

三

賢子が堤邸に宿下がりした時、この日、宇治から久々に上洛するという紫式部はすでに到着していた。

「懐かしいわ」

と、目を細めているのは、母自身がこの邸で育ったからだ。賢子もまた、この邸で育ち、賢子の娘もまたここで育っている。

乳母をつけるのは上流の公家ばかりでなく、賢子たちのような身分でも当たり前で、賢子も古いなじみの雪を娘の乳母としていた。雪は賢子より少し若いのだが、賢子より早く母親となっている。雪の相手は兼隆の従者で、いつの間にやら深い仲になっていたのだった。「賢子さまにお子がおられれば、乳母にしていただいたのに……」などと、かちんとくることを言っていたが、その後、賢子が娘を産み、念願の乳母となった。娘の世話は大体においてこの雪がしてくれる。

母が堤邸にやって来たのは、孫娘の顔を見るためであったが、

「雪がね、姫の目鼻立ちが私に似ていると言ってくれたのよ」

そう言って、母はとろけるような笑みを浮かべている。雪の言葉には調子のよい胡麻すりが入っており、母ともあろう人がそれに気づかぬはずがないのだが、孫を前にした母はすっかりお人好しの嫗になりきっていた。

「兼隆さまは、あなたと姫をご自分の邸に引き取りたいとおっしゃらなかったの？」

雪が欠伸をする赤子を連れて行ってしまい、母娘水入らずになると、母は賢子にそう尋ねた。

「そうおっしゃってくださったのだけれど、いずれ兼隆さまが別の女人をお邸に引き取るような事態になれば、姫が追い出されてしまうかもしれないでしょ。そのまま粟田殿に置いていただけても、継母からいじめられるかもしれないし」

「あなたは兼隆さまのお邸で落ち着いて暮らそうという気がないみたいね」

「だって、私、東宮さまのお子さまの乳母にって言われているんですもの。そうなったら、邸に引きこもってなんていられないわ」

「まあ、そんな話になっているの？」

母は目を丸くして賢子を見つめている。敦良と嬉子の子の乳母にという話はまだ伝えていなかったので、賢子は先日の二人とのやり取りを母に話した。

「何ともありがたく、もったいないお話だけれど……」

母は何度もそう言った挙句、「本当にお引き受けするつもりなの？」と心配そうに尋ねた。

「こんなお話をお断りするなんて考えられないわ」

と、賢子は答えた。

「もし皇子さまだったら帝におなりになる方かもしれないし、皇女さまだったら后となる方かもしれないのよ。そんな方のご養育に携われるなんて、これほど名誉なことはないじゃありませんか。その暁には、私だって殿方の公卿に匹敵するくらいの官位をいただけるかもしれないわ」

意気揚々と答える賢子に、啞然（あぜん）とした表情を浮かべつつ、「そうかもしれないけれど」と、母は歯切れの悪い口ぶりである。

「なあに、お母さまだったらお断りするとでもいうの？」

「私はあなたとは違います。そもそも、今の太皇太后さまのもとへの宮仕えにしたって、自ら進んで始めたことではなかったのだから」

「そうだったわね。前摂政さまからぜひにもと乞われて、お断りできなかったのよね」

「ええ。前摂政さまは『源氏物語』を書く女を、ぜひともご息女に仕えさせたかったのよ」

と、母はやや苦みの混じった声で言う。

「もちろん、太皇太后さまにお仕えできたのは、私の誇りだけれど……」

と、そこは力をこめて言った母は、「それはともかく」と話を元へ戻した。

「私が気になるのは、兼隆さまのことですよ。あの方だって中納言となられて、お忙しい御身。よくもあなたの好き勝手を許してくださるものだと、私はいつも驚いています。でも、あなたが乳母になって宿下がりもままならなくなったら、あの方は今度こそ本当に離れていってしまわれるかもしれないわよ」

そんなことは分かっている――そう思いながら、賢子は母から目をそらした。それでも、親なればこそあえて言う母の気持ちも分からなくはない。

だが、やはり聞きたくないものは聞きたくないのだった。そんな賢子の気持ちが伝わったのか、

「……さっきのあなたの話では、兼隆さまを別の人に取られても仕方がない、と思っているふうに聞こえたけれど」

と、少し遠慮がちなふうに母は言った。

「仕方ないってあきらめているわけではないわ。兼隆さまは今では、宮仕えでも乳母でも好きにすればいいいって言ってくださっているし、私たちはうまくいっているの」

賢子は挑むような調子で言い返した。

だが、それに対して母は言葉を重ねることはせず、ただ心配そうに賢子を見つめ返してきただけである。ここで母を言い負かすことに何の意味もないのだと、賢子は気持ちを落ち着かせ、

「兼隆さまが、本当は私に宮仕えをやめてほしいと思っているのは分かっているわ」

と、静かな声で告げた。

「だから、兼隆さまがこの先、ご自分の望みに適う方をお好きになったとしても、私は兼隆さまを恨んだりしない。それだけは心に決めています。でも、だからって成り行きに任せるつもりなんてないの。私は私で、兼隆さまのお心をつなぎとめる努力をし続けるつもり」

賢子が言い終えると、母は声を立てずに苦笑し、「あなたときたら」と呟いた。

「宮仕えもしたい、出世もしたい、ご身分のある殿方から想われたい、お子も欲しい

──要するにそういうことよね。あなたと話をしていると、そういう欲の塊がこっちにぶつかってくるようで、眩暈がしそうになるわ」

「そう言われると、自分がとんでもない強欲で罪深い女に思えてくるわ」

「その通りでしょう」

と、冷静に切り返した母は、苦い表情を浮かべる賢子に「でも」と続けた。

「結局、あなたはぜんぶ手に入れてしまったのね。もちろん、この先、それらを失わずにいることだって、大変な話でしょうけれど」

「まあ、そうね」

「どんなに困難な道であっても、何かを欲しいと思ったら、必ずそれを手に入れてしまう。私と違って、あなたはそういう人だから」

母の言葉は、あきらめ半分、称賛半分といったふうに聞こえる。

「ねえ、お母さま。私、一つお訊きしたいことがあるのだけれど……」

膝を進めながら賢子が切り出したその時、「失礼いたします」と部屋の外から声がかかった。

「中納言さま（兼隆）がお見えでございますが、こちらへお通ししてもよろしいでしょうか」

女房の知らせに、「もちろん、そうしてちょうだい」と、すぐに賢子は答えた。ひと

まず母娘の会話は中断し、

「お母さまがお越しになると聞いて、兼隆さまもぜひ挨拶したいと言っておられたの」

と、母に話しているうち、兼隆が現れた。

「ご無沙汰しております。本当はこちらからお住まいへ伺わなければならないところ、私も越後弁もなかなか」

恐縮する兼隆に、「宮仕えをするお方の大変さは重々承知しております」と、母は応じている。

「それに、姫のお顔も見たかったですし。赤子に宇治へ来てもらうわけにはいきませんでしょう？」

「さようでしたか」

和やかに言葉を交わす間に、兼隆のための酒とつまみが折敷に調えられると、母はたった今、賢子と交わしていた会話の内容を簡単に語った。

「この人は、何でも欲しがる欲の塊のような人だと言っていたのですよ。この人がお相手では、兼隆さまも大変だろうと、ご苦労が察せられます」

そんなふうに言う母を相手に、兼隆は杯を傾けながら、ははっと大らかに笑った。

「紫式部殿からそう言われるだけで、私は報われる気がいたしますよ」

「それでは、まるで兼隆さまは日々、報われていないみたいではありませんか」

賢子が間に割って入り、むくれてみせると、「いや、その」と兼隆は困惑した表情を浮かべている。

「この度は、東宮さまのお子さまの御乳母になる話をお受けしたとか。兼隆さまはまことによろしいのですか」

母はその時、存外真面目な口ぶりで兼隆に問うた。この話はもう兼隆の許しを得たことだと、賢子は言葉を返そうとしたが、母の眼差しに止められた。あなたは黙っていらっしゃいと、その目は言っている。

兼隆が賢子に押し切られ、不本意ながら承諾しているのではないかと、母は疑っているのだろう。そんな紫式部の本心を兼隆も察したのか、手にしていた杯を折敷に置くと、居住まいを正した。

「私はずっと、越後弁を自分に靡かせたいと思い続けてきました。しかし、今ではそれが間違いだったと思っているのです」

「それは、どういう……」

母の声が不安げに揺れていた。賢子も思わず兼隆の顔を見つめ返していた。今の言葉は聞きようによっては、賢子に恋したことを悔やんでいると受け取れなくもない。

（そんな、今になってどうして――）

母の不安が乗り移ってきたかのような賢子の心に、かつて兼隆が贈ってくれた歌がよみがえる。

――あかねさす紫のただ一本を　靡かせばやと野の風は吹く

（めったに歌など贈ってくださらない兼隆さまが、私のことを詠んでくださった歌。いつまでも変わらない兼隆さまのご本心を詠んだものと、私は信じてきたのに……）

ふと気づくと、手の指先が思いもかけないほど冷たくなっていた。

「この人は誰かに靡き、寄りかかる女人ではないのです」

兼隆は賢子の方を誇らしげに見つめながら、紫式部に告げた。

「親にも、夫にも寄りかかりはしない。そういう人だからこそ、東宮のお子をお育てするのにふさわしいと、私は思いました。自立、自尊――それらを人の上に立つお方にお教えするのに、越後弁ほど似つかわしい人はおりませんでしょう」

穏やかに言い終えた兼隆を前に、母は「ありがたいお言葉です」と感謝と喜びの微笑を浮かべた。そこには少しばかりあきれた色が混じっていたが、賢子は気づかぬふりをした。

「そういえば、さっき、私に何か訊きたいことがあると言っていなかったかしら」

母がふと思い出した顔つきで、賢子に言う。

「そうそう。『源氏物語』のことで思い出したことがあったものだから」

賢子はそう答えながら、話が変わったのを機に、兼隆の杯に酒を注いだ。兼隆が再び

酒を飲み始めたのを見届け、

「前に、お母さま、『源氏物語』に登場する若紫の君は、私のことだっておっしゃったわよね」

と、賢子は母に尋ねた。

「ええ、そうだったわね」

母は懐かしそうに目を細めてうなずく。

「お母さまに言われるまで、そんなこと思ってもいなかったのよ。でも、若紫の君は親に縁の薄い生い立ちで、それでも生き生きと描かれていた。お母さまが私に望んでいる姿だったのかしら、って思ったこともあるわ」

若紫の君は幼くして母に死なれ、父からはあまり顧みてもらえず、母方の祖母に育てられる。一方の賢子は幼くして父に死なれ、宮仕えの母からはあまり顧みられず、母方の祖父に育てられた。父と母、祖父と祖母という違いはあるが、どことなく似ていなくもない。

登場した時から、愛らしく理想の少女といった姿で描かれる若紫の君は、光源氏に見出され、その妻「紫の上」となって大切にされる。その辺りの紫の上に自分を重ねることはできなかったが、もしかしたら、母は賢子にそんな人生を送ってほしいと願っていたのかもしれない。

宮仕えから足を洗い、兼隆の正妻として納まるのであれば、賢子の人生は紫の上のそれに近付くのだろう。

しかし、自分はその道を選ばなかった。

そのことをしっかりと心に留めた上で、賢子は覚悟を決めて問う。

「お母さまに訊きたいのは、子供の頃ではなくて今の私のこと。今の私は『源氏物語』の女君でいうなら、いったい誰になるのかしら」

「今のあなた……？」

母は虚を衝かれた様子で呟き、それから少し難しい顔になって沈黙した。しばらく賢子とは目を合わせず、考え込んでいたが、ややあってから、

「いないわね」

と、重々しい口ぶりで告げた。

「えっ、いないの？」

もったいぶった沈黙の後の答えがそれか、とがっかりしながら訊き返すと、

「いませんよ」

と、母は大真面目な顔つきで言う。それから兼隆に顔を向け、「兼隆さまはいかがお思いになりますか」と問うた。

「……そうですな。私も今、物語の女君たちをそれぞれ思い浮かべていたのですが」

兼隆はいつしか杯も手から離し、腕組みをして考え込む様子を見せている。

「これ、という女君は思い当たりませんな」

兼隆の返事を聞き、「ほら、ごらんなさい」と母が続けて言う。

「あの物語の中に、あなたみたいに欲張りで、あなたみたいに前向きで、あなたみたいに出世したがる女君が出てきていましたか」

そう言われてみると、そんな欲張り女など登場していなかったように思える。

「確かに、いないかもしれないけれど……」

「つまり、あなたは私の考えの上を行く人ということよ」

「お母さまの考えの上……？」

「そう。若紫のような少女だったあなたは、天にも続く階(きざはし)を上って、高みへ行ってしまう。でも、私は地上からその姿をしっかり見ているわよ」

母の双眸(そうぼう)に宿る光はただ明るく、優しく、そして誇らしげにも見えた。兼隆の双眸も不思議なくらい母によく似ている。

兼隆は、賢子のことを靡いたり頼ったりしない人だと言った。それは間違っていないかもしれないが、この母であり、この夫だからこそ、自分は立っていられるのだし、天の高みを目指すこともできるのだと思う。

（紫草(むらさき)はいつも天の高みを見ているかもしれないけれど、生まれ育った野や吹きつけて

くれる風を忘れたりするでしょうか)

いいえ、忘れることなど、ありはしない。

あかねさす日を仰げども紫草は　生ひ立つ野辺と風や忘るる

ふと浮かんできたその歌を、大切な二人の前では口にせず、賢子は胸の中へそっとしまい込んだ。

【引用和歌】

有馬山ゐなの笹原風吹けば　いでそよ人を忘れやはする　大弐三位（藤原賢子）『後拾遺和歌集』

紫の一本ゆゑに武蔵野の　草はみながらあはれとぞ見る　詠み人知らず『古今和歌集』

もの思へば沢の蛍もわが身より　あくがれいづる魂かとぞ見る　和泉式部『後拾遺和歌集』

この世をば我が世とぞ思ふ望月の　欠けたることもなしと思へば

藤原道長（藤原実資著『小右記』寛仁二年十月十六日より）

【主要参考文献】

山中裕・池田尚隆・秋山虔・福長進校注・訳『新編日本古典文学全集　栄花物語』一～三（小学館）

橘健二・加藤静子校注・訳『新編日本古典文学全集　大鏡』（小学館）

石田穣二訳注『枕草子』上・下（角川ソフィア文庫）

石田穣二・清水好子校注『新潮日本古典集成　源氏物語』一～八（新潮社）

山本利達校注『新潮日本古典集成　紫式部日記　紫式部集』（新潮社）

南波浩校注『紫式部集　付大弐三位集・藤原惟規集』（岩波文庫）

藤原道長著『御堂関白記』上・下（日本古典全集刊行会）

藤原実資著『小右記』１・２（日本史籍保存会）

解説

大矢博子

『源氏物語』を著した紫式部が中宮彰子付きの女房であることは有名だが、彼女の娘・藤原賢子もまた、皇太后となった彰子に仕えた一人である。母ほどの知名度はないが、百人一首58番「有馬山ゐなの笹原風吹けばいでそよ人を忘れやはする」の作者・大弐三位（だいにのさんみ）といえば、思い当たる方も多いだろう。

大弐三位こと賢子が彰子に仕えていた十代から二十代前半にかけては——だいたい一〇二〇年代だから今からちょうど千年前ということになる——藤原氏が全盛を極めていた時代だ。藤原道長が天皇の外祖父として政権を握り、政敵を軒並み蹴散らしてこの世を「我が世」と歌ったのがちょうどこの頃である。

当時、彰子に仕えていた人物の中には有名な人（やその娘）が何人かいる。越後弁と呼ばれていた賢子の他にも、歌人として有名な和泉式部の娘・小式部がいた。著者の別作品のネタばれになってしまうので親が誰かは書かないが、小馬（こうま）と呼ばれる人物もいた（歴史上の人物にネタばれも何もないのだが、念のため）。なかなかにきらびやかな時代である。が、もちろん宮中はきらびやかなだけではない。

本書『あかね紫』は二十歳前後の賢子を主人公に、当時の女性の生き方を、時にコミカルに、時にシリアスに描いた長編小説である。おもしろいのは、そこに平安時代後期に成立したとされる作者不詳の物語「とりかへばや」を取り入れたことだ。なるほど、こう来るか。

皇太后彰子付きの女房である賢子、小式部、中将の君の三人は、ある日、権中納言・藤原頼宗と彰子から直々にある頼み事をされる。頼宗には十三歳の弟・小若君と十一歳の腹違いの妹・六の君がいる。それはすなわち彰子にとっても弟妹、藤原道長にとっては息子と娘にあたるわけだが、このふたり、性別を入れ替えたような暮らしをしているというのだ。

つまり女の子である六の君は少年が着るような水干を着て角髪(みすら)を結い、乗馬や蹴鞠(けまり)に興じる。男の子である小若君は十二単で屋敷の奥深くにひっそり暮らしている。今は、小若宮を六の君の暮らす鷹司殿に引き取り、小若君を六の君、六の君を小若君として扱っているという。ふたりは見た目がそっくりなので、周囲も気づかないのだそうだ。

しかしいつまでもそんなことを続けていられるはずもない。道長は小若君を無理にでも元服させ、本来の姿に戻そうとしているらしい。それまでに子どもたちを教育しなおせ――というのが頼宗に与えられた使命なのだが、どうしていいかわからない。そんな頼宗に彰子が、賢子たち三人を頼りにすればいい、と助言したのである。

ところが三人が鷹司殿を訪れてみると、女の子のはずの六の君はどこから見ても清々しい立派な公達だし、男の子のはずの小若君は触れれば消えそうなほどたおやかな姫にしか見えない。これは厄介なことを引き受けてしまった……。

というのが物語の導入部だ。そこに賢子自身の恋愛問題や宮中のパワーゲームが絡み、事態は混迷を深めていくわけだが、ここまで読んでニヤリとした人はけっこうな篠綾子ファンだと断言してしまおう。

紫式部の娘・賢子。和泉式部の娘・小式部。そして中将の君。この三人は、篠綾子の児童小説『紫式部の娘。賢子がまいる！』『（同）賢子はとまらない！』（ともに静山社）の主役とその仲間たちなのだ。この二冊は、十四歳から十五歳にかけての賢子が、宮中のいじめには倍返しで対抗し、中流の娘ながら上流貴公子との恋愛に野望を抱き、そしていざ仲間に難ありとなればタッグを組んで立ち上がる――という爆走イケイケ平安ラブコメディである。ここでの賢子は、児童向けということもあってかなりデフォルメされた暴走ヒロインだ。大人が読むと心配になるレベルのおてんば娘なのだが、実は物語の背景には親と子の関係というシリアスなテーマが横たわっている。さらには宮中の権力闘争まで描かれ、時々挿入される和歌の扱いも絶妙で、大人が読んでも唸ってしまう仕掛けになっているのだ。

本書中、頼宗との関係や母・紫式部との会話で、過去にあったことをなんとなくほのめかす言葉があるが、それは「紫式部の娘。」シリーズでのエピソードを指している。彰子が三人をワンセットにして事件に当たらせるというのも前作を踏まえた上のこと。つまり本書は、大人になった賢子を主人公にした「紫式部の娘。」シリーズ第三弾でもあるのだ。

大人になった分、暴走ぶりは影を潜め、代わりにかなり理屈っぽくなってはいるものの、この三人の関係はまさに前作の通りである。なお、前作では「中将君良子」と表記されていた中将の君、本書では名前は出てこないが、これは中将君・源懿子（みなもとのいし）のこと。名前が出てこないのになぜわかるのかというと、終盤の展開が……まあそれはお読みいただこう。読んでもピンとこないときは、源懿子で検索してみていただきたい。彼女が後に誰の妻になったか。コミカルかつライトにフィクションを織り混ぜているように見えて、実は史実とぴったり添わせてくるのが篠綾子の腕である。

というわけで、「紫式部の娘。」シリーズの読者にとっては、大人になった彼女たちに会えるという楽しみも備えた一冊なのである。

おっと、シリーズの話で紙幅を使ってしまった。本書の話に戻ろう。

ベースとなった「とりかへばや」は前述の通り、見た目のよく似た少年と少女が性別を入れ替えて暮らす物語である。少女が若君として宮廷に出仕し、少年も女性として後宮に出仕する。そして少女の方がとある人物に正体を見破られ、運命が大きく動き出す――という、平安時代にこんなアヴァンギャルドな話を作った人がいるなんて！　と驚くようなジェンダー文学だ。田辺聖子の現代語訳や、氷室冴子が少女小説に翻案した『ざ・ちぇんじ！』（集英社コバルト文庫）で知られる他、宝塚歌劇の題材になったり、近年ではさいとうちほによるコミカライズも人気という、時代を超えて多くの創作物にインスパイアした作品でもある。

原典では「関白左大臣の子」という漠然とした設定だが、それを本書では藤原道長の子とした。うまく史実と辻褄（つじつま）を合わせるその手腕にも感心させられるが、何より興味深いのは、原典や派生作品が入れ替わった当人たちの物語であるのに対し、本書は彼らを元に戻そうとする側の視点で描かれているという点である。

普通の女の子はこう、男子はこうあるべき、という考えで小若宮と六の君のもとに向かった三人だが、彼らと知り合ううちに中将の君や小式部は「これの何がいけないのだろう」「このままでいいではないか」と考え始める。賢子にも迷いが出る。

現代の話ならこれで通じるが、これは「結婚」が一族全体の出世を左右する重要事だった時代のこと。身分のシステムも男女の枠組みも今よりもずっとシビアな状況の中で、周囲が自分に求めることと自分の意志が相容れないという苦境に、まだ幼いふたりが立たされる。それを近くで眺め、話を聞き、気持ちを知るうちに、賢子は「家に入って欲しいと望む恋人」と「出仕を続けたい自分」の間で悩む自らを、彼らに重ね合わせるようになるのだ。

つまり本書は「とりかへばや」という設定を鏡にして、「社会の要求」と「自分の意志」が対立する状況を描いているのだ。これは現代社会にそのまま移し替えても通用する。というよりむしろ現代を照射する物語と言っていい。

六の君は言う。「(男は)自らの知恵、学問の知識、才覚を生かせる場が(ある)。うまく仕事を成し遂げれば、人に認めてもらい、出世もできる。しかし、女人に何がありますか。人に認めてもらうには、身分ある父親の引き立てで、よい男を夫に持つしかありません」――そういう時代なのだ。そういう社会システムなのだ。だが賢子はそんな時代にあっても、必ずしもそうではない、と六の君を諭す。

その賢子は、「宮仕えもしたい、出世もしたい、ご身分のある殿方から想われたい、お子も欲しい」という、紫式部の言葉を借りれば「欲の塊」である。そしてそれを実現する。後に親王の乳母となり官位を授けられるなど出世を極めるのである。欲しいものを欲しいと言い、それを嫌がる男なら別れると言い、それを摑み取るために自分の足で立つ。この原稿を書いている二〇二一年二月に世の中を駆け巡った言葉でいえば「わきまえない女」である。今から千年も前に、有形無形の圧力を跳ね返し、決して「わきまえる」ことなく自分の人生を自分で作り上げた女性がいたのだ。なんと励まされることだろう。

賢子だけではない。小若君や六の君だけの話でもない。本書に登場する人々は男も女も、自分ではどうすることもできない社会のシステムの中で足掻いている。時にはくじけそうになることもある。だがそれでも、何が自分にとって正しいかを考え、自分に誠実でいようとする。

人の思いは、自分で誇れる自分でいたいという矜持は、千年前も今も変わらないのだ。

篠綾子は二〇〇一年、その二年前に第四回健友館文学賞を受賞した『春の夜の夢のごとく　新平家公達草紙』（健友館）でデビュー。以降、『白蓮の阿修羅』（出版芸術社）や「藤原定家　謎合秘帖」シリーズ（角川文庫）といった奈良・平安ものから、美濃の姫・帰蝶が主人公の『岐山の蝶』（集英社文庫）のような戦国もの、第六回歴史時代作家クラブシリーズ賞を受賞した「更紗屋おりん雛形帖」シリーズ（文春文庫）や「江戸菓子舗照月堂」シリーズ（ハルキ文庫）といった江戸市井職業人情もの、はては『天穹の船』や『青山に在り』（ともにＫＡＤＯＫＡＷＡ）などの幕末ものまで、幅広く歴史・時代小説を手掛けている。

特に平安宮中ものは、著者の得意ジャンルと言っていい。前述の児童書「紫式部の娘。」シリーズや、平安朝を代表する女性、小野小町を描いた『桜小町　宮中の花』（集英社文庫）、平安きってのイケメンモテ男として知られる在原業平が主人公の『月蝕　在原業平歌解き譚』（小学館文庫）などを併せてお読みいただければ、平安王朝を舞台に繰り広げられるさまざまなドラマがひとつの絵巻のようにつながることだろう。

もちろん、これを機に「とりかへばや」にも手を伸ばしていただきたい。本書には描かれなかったドラマティックな展開に驚くこと請け合いだ。また、本書に登場する人物や引用される歌に興味を持った人は、百人一首や『紫式部日記』『和泉式部日記』などに挑戦するのもいい。篠綾子作品は、そんな平安文学への入り口の役目も果たしているのである。

（おおや・ひろこ　書評家）

本書は、集英社文庫のために書き下ろされた作品です。

編集協力　遊子堂

本文デザイン　篠田直樹（ｂｒ・ｉｇｈｔ　ｌｉｇｈｔ）

集英社文庫

あかね紫（むらさき）

2021年3月25日　第1刷　　定価はカバーに表示してあります。

著　者　篠（しの）　綾子（あやこ）

発行者　徳永　真

発行所　株式会社　集英社

東京都千代田区一ツ橋2-5-10　〒101-8050

電話　【編集部】03-3230-6095

【読者係】03-3230-6080

【販売部】03-3230-6393（書店専用）

印　刷　株式会社　廣済堂

製　本　株式会社　廣済堂

フォーマットデザイン　アリヤマデザインストア　　マークデザイン　居山浩二

ISBN978-4-08-744229-8 C0193